William Shakespeare

Shakespeare's Richard der Zweite

Ein Trauerspiel für die Deutsche Schaubühne

William Shakespeare

Shakespeare's Richard der Zweite
Ein Trauerspiel für die Deutsche Schaubühne

ISBN/EAN: 9783743659216

Hergestellt in Europa, USA, Kanada, Australien, Japan

Cover: Foto ©Andreas Hilbeck / pixelio.de

Weitere Bücher finden Sie auf **www.hansebooks.com**

Shakespear's
Richard
der Zweite.

Ein Trauerspiel
für die deutsche Schaubühne.

von

Otto von Gemmingen,
Reichsfreiherrn.

Mannheim,
in der Schwanischen Buchhandlung
1782.

Personen.

Richard der Zweite, König von England.

Bolingbroke, Sohn des Johann von Gaunt und nachmals Heinrich der Vierte.

Herzog von York.

Herzog von Lankaster.

Graf von Northumberland.

Aumerle, Sohn des Herzogs von York.

Percy, Sohn des Grafen von Northumberland.

Buschy. ⎤
Green. ⎦ Hofleute des Königs.

Sir Scroop. ⎤
Lord Berkley. ⎦ Freunde des Königs.

Roß. ⎤
Willoughby. ⎦ Bolingbroks Freunde.

Walliser Hauptmann.

Zwei Gärtner.

Bote.

Gefangenwärter.

Gefolge.

Königin, Richards Gemahlin.

Herzogin von Glocester.

Herzogin von York.

Hofdamen.

Richard der zweyte.

Erste Handlung.
Hof.

Erster Auftritt.

York und die Herzogin von Glocester
in Trauer.

York.

Laß mich. Glocester war mein Bruder, das
fordert mich mehr als deine Klagen zur Rache
gegen seine Mörder auf. Aber ihre Bestrafung
liegt in den Händen dessen, der Ursache des Unfalls war. Können wir's ungeschehen machen? Laß
uns unsre Sache dem Himmel empfehlen, er wird
wissen, wann hienieden die Zeit reif ist, und dann
glühende Rache auf der Verbrecher Haupt senden.

Herzogin Glocester. Ist keine stärkere Spur
von Brudergefühl in dir? Findet Liebe im alten
Blut kein lebhafteres Feuer? Edwards sieben Söhne,
von denen du einer bist, waren sieben Zweige, spros-
send von einem geheiligten Stamme. Einige star-

A 2 ben

ben dem Laufe der Natur nach ab; andere wurden ein Opfer des Schicksals. Aber Glocester, mein Gemahl, durch des Neides Hand, durch des Mörders blutige Axt ist er umgehauen, all sein Sommerlaub verwelkt. Ach York! es war dein Blut, unter einem Herzen getragen: was dich bildete, machte ihn zum Manne. Du lebst, noch athmest du: aber doch bist du mit ihm gefallen. Du wirst Vatermörder, da du einen Bruder, in dem dein Vater wieder lebte, ungerochen sterben lässest. Nenn' es nicht Geduld. Nein York, es ist Muthlosigkeit. Gelassen leiden, daß dein Bruder gemordet wurde, heißt dem unerbittlichen Mord den nackenden Pfad zu deinem Leben zeigen. Was beym gemeinen Manne Geduld heißt, wird blasse kalte Feigheit bey einer edlen Seele. Was soll ich noch sagen? willst du dein Leben retten, so räche meines Glocesters Tod.

York. Gottes ist die Sache; Gottes Statthalter, sein Gesalbter hat diesen Tod verursachet. Geschah's mit Unrecht, so mag's Gott rächen; nie wird mein zürnender Arm sich gegen seinen Statthalter heben.

Herzogin v. Glocester. O Gott! zu wem soll ich mich dann wenden?

York.

York. Zum Himmel, der Wittwen Schild und Schuß.

Herzogin v. Glocester. Gut dann, ich will's. Wie kann das Weib anders, wenn Männer sie verlassen. — Lebe wohl alter York! Die einst deines Bruders Weib war, muß nun mit ihrer Gesellin, der Traurigkeit, das Leben schließen.

York. Schwester, lebe wohl! Ich muß zum König. Dir begegne so viel Gutes als ich mir wünsche.

Herzogin v. Glocester. Nur noch ein Wort — Der Gram springt beim Fallen wieder auf, weil er so wichtig ist. — Was möcht' ich dir nicht noch klagen? — aber nein — Lebe wohl! — Ist's wahr, was durch meines Trauerhauses düstre Mauren schallte: Bolingbroke verbannt?

York. Wahr: und verbannt, weil er nach deines Glocesters Mörder forschte; sie zum Kampf forderte.

Herzogin v. Glocester. Würdiger Neffe meines Glocesters!

York. Schurken haben den König irre geführt; den edlen, hofnungsvollen Mann entstellt. Durch sie verfolgt, muß jetzt Bolingbroke, seinen englischen Athem in ausländische Wolken wegseufzen.

Herzogin v. Glocester. Und sein edler Vater?

York.

York. Aufgezehrt durch den Kummer über seines Sohnes Verbannung, athmet jetzt seines Lebens letzte Züge: er wird sich herbringen lassen.

Herzogin v. Glocester. O so laß mich weg eilen vom traurigen Anblick; soll ich Edwards Söhne alle sterben sehn? Empfiehl mich ihm: sieh das ist alles: — nein geh noch nicht — komm so bald du kannst zu mir nach Plaschie. Doch nein guter York, was sollst du dort sehen, als leere Wände: Zimmer ohne Menschen, unbetretene Steine? Nichts wird dich bewillkommen als mein Aechzen. Darum, komm' nicht — Wozu den Kummer aufsuchen, der überall wohnt. Einsam und verlassen will ich dahin sterben; Mein trähnendes Auge nimmt den letzten Abschied von dir.

York und Herzogin von Glocester gehen auf verschiedenen Seiten ab.

Zweiter Auftritt.

Königliches Gemach.

König Richard. Aumerle. Northumberland. Green. Scroop. Percy und andre.

Richard. Nun Aumerle, du sagtest mir noch nicht, wie weit du Bolingbroken begleitetest.

Aumer-

Aumerle. Nur bis zur nächsten Landstraße, und dort verließ ich ihn.

Richard. Gab's viele Thränen beim Abschied?

Aumerle. Bei mir keine, als die der Nord-ostwind auspreßte, denn er wehete bitter kalt.

Richard. Was sagte er beim weggehn?

Aumerle. Ein Lebewohl, und damit war's zwischen uns aus. Euer Majestät denkt wohl, wie Ernst es mir war.

Richard. Er ist mein Vetter: aber mit welchen Gesinnungen er nach Umlauf seiner Verbannungs-Zeit zurückkommen wird, das weiß ich nicht. Ich habe es mit Buschyn und Green wohl bemerkt, wie er beim weggehn sich gegen das gemeine Volk leut-selig stellte.

Green. Wie er sich mit vertrautem, höflichem Wesen gleichsam in ihre Herzen zu tauchen schien.

Scroop. Arme Handwerksleute durch künst-liches Lächeln und geduldiges Ertragen seines Schicksals, für sich einzunehmen wußte, und ihre Liebe in die Verbannung mit nahm.

Aumerle. Einem Austerweibe zog er seine Mütze ab; und einige Kärcher die ihm ein Gott geleit ihn! nachriefen, erhielten den Tribut seines gebeug-ten Rückens.

Scroop.

Scroop. „Dank euch, meine Landsleute, mei-ne lieben Freunde;„ hatte er immer im Munde.

Richard. Nicht anders, als wäre er Erbe meines Reichs zu dem er nahe Hofnung habe.

Green. Wohl; er ist gegangen, und mit ihm diese Gedanken. — Aber Ihr Majestät muß jetzt auf Irrland denken; die Umstände werden dringender, und längerer Verzug wird die Rebellen beherzter machen, Ihr Majestät Sachen verschlimmern.

Richard. Auch will ich ja heute noch hinüber, dem Krieg persönlich beywohnen. Aber die nöthige Gelder — —

Green. Die Schatzkammer ist erschöpft —

Aumerle. Da Green die Kron-Einkünfte gepachtet hat, könnte er vorschiessen.

Green. Dazu bin ich ausser Stand: man muß auf andere Mittel denken.

Scroop. Man muß an reiche Leute zu kommen suchen.

Richard. Green soll darüber Vollmachten erhalten, und soll die Gelder nachschicken; ich verlasse mich auf ihn.

Drit-

Dritter Auftritt.

York kömmt.

Richard. Willkommen alter Oheim. — Gut, daß du kömmst. Ich will unverzüglich nach Irrland, vorher aber dir die Statthalterschaft über mein Reich übertragen.

York. Ich danke meinem Gebieter für sein Zutrauen. Aber ich wünschte die wenige Tage meines Lebens, die mir übrig sind, in der Stille zubringen zu können.

Richard. Wie Oheim? du hast ja noch manche Jahre zu leben.

York. Aber nicht eine Minute, König, die du mir geben könntest. Verkürzen meine Täge durch bitteren Kummer, Nächte mir entreissen, das kannst du, aber nicht einen Morgen leihen. Der Zeit helfen Furchen in mein Gesicht zu graben, aber nicht eine Runzel in ihrer Pilgrimschaft aufhalten. Schnell ist dein Wort wie die Zeit, wenn es meinen Tod gebietet; aber einmal tod — und dein Königreich vermag mir nicht einen Athemzug zu erkaufen. — Doch dein Oheim, mein Bruder, Herzog von Lankaster ist schwer krank, er ist seinem Ende nahe, hat sich hieher bringen lassen, und wünscht dich und die Königin noch einmal zu sehn.

Ri.

Richard. Wie unvermuthet. Daß man ihn hieher bringe: ich werde mit der Königin gleich hier seyn. (York ab.)

Aumerle. Da Bolingbroke verbannt ist, kann er nicht erben.

Green. Des Herzogs von Lankasters Vermögen kann Ihr Majestät jetzt an sich ziehen.

Richard. Und das wird zum Irländischen Krieg sehr gut seyn.

(Richard ab, alle folgen.)

Vierter Auftritt.

Der alte Lankaster, (krank hereingetragen) York.

Lankaster. Wird hier der König herkommen? damit ich meinen letzten Hauch dazu anwende, seinem unsteten Wesen einige Ermahnungen zu geben.

York. Quäle dich nicht Bruder; sein Ohr ist jedem guten Rath verschlossen.

Lankaster. Man sagt doch aber, daß die Zungen der Sterbenden die Aufmerksamkeit erregen, wie dumpfe Harmonie. Worte die man mit Schmerzten hervor athmen muß, sind immer Wahrheit, und man lauscht mehr auf den, der nur wenig zu sagen übrig hat, als dem Alter und Gesundheit

noch

noch lange Zeit gestatten. Wollte Richard, da
ich lebte, meinen Rath nicht hören; so kann vielleicht meines Todes ernste Sprache sein Gemüth
erschüttern.

York. Schmeicheleien betäuben sein Gehör.
Wahrheit ist eine abgesetzte Münze. Alles was um ihn
ist, lobt seine Regierung, während das auswärtige
ihr Hohn sprechen. Ueppigkeit und Schwelgerei
sind seine Gefährten: Erzählungen von Moden aus
Frankreich, dessen Sitten unsre blöde, affenmäßige
Nation noch immer nach macht, sind seine Unter-
haltungen. Jeder Rechtschaffene zieht sich zurück.
Schweigen und unthätig seyn ist Weißheit geworden. Glaube mir, guter Rath kömmt zu spät; wo
der Wille gegen den Verstand Meuterei treibt.
Such den nicht zu leiten, der sich seinen Weg selbst
sucht.

Lankaster. Es ist mir als wär ich ein neube-
geisterter Prophet: und sterbend weissage ich von
ihm. Sein ausgelassenes Wesen, kann nicht lange
dauren: ein heftiges Feuer brennt sich bald selbst
aus: Leichtsinnige Eitelkeit ist ein unersättlicher
Vielfraß; bald wird sie genöthigt sich selbst zu ver-
zehren. England, diese Festung von der Natur
selbst erbauet, diese kleine Welt, dieser in der Sil-
bersee eingefaßte Edelstein, die ihm zum Schutz ge-

gen

gen den Neid nicht so glücklicher Länder dient;
diese Mutter und Verpflegerin so vieler Helden;
dieß theure, theure Land, theuer seines weltum-
fassenden Ruhms wegen — ich sterbe, indem ich
es ausspreche — verpachtet wie ein Meyerhof, den
Bedruckungen des Geitzes und kleiner niederträch-
tiger Seelen Habsucht ausgesetzt; mit Dintenflecken
beschimpft und in Fesseln von Pergament gelegt.
England das sonst andere besiegte, hat niederträch-
tig sich jetzt selbst erobert. O daß die Schande mit
meinem Leben aufhörte, wie glücklich stürbe ich
dann.

York. Der König kömmt: verfahre mild mit
ihm, damit er nicht vollends erbittert werde.

Fünfter Auftritt.

König. Königin. Aumerle. Green. Northumberland. Scroop. Percy. Roß.
Willoughby, und andere.

Königin. Wie ist's mit dem edlen Lankaster?
Lankaster. Er hat sich herschleppen lassen, um
Abschied von euch zu nehmen.
Königin. Ich hoffe, du sollst wieder gesund
werden; sollst nicht sterben.

Lan-

Lankaster. O dein Gemahl stirbt ob ich gleich kränker bin.

Richard. Ich bin gesund, und sehe daß du sehr übel bist.

Lankaster. Der, der mich erschuf, weiß daß ich dich sehr übel sehe. Dein Todtbett ist nicht kleiner als dein Land, in dem du an deinem guten Namen krankest. Und du, allzunachläßiger Kranker, übergiebst dich Aerzten, die dich verwundet haben. Tausend Schmeichler sitzen in deiner Krone; ein kleiner Raum, nicht größer als dein Haupt; aber die Verheerung nicht minder, als über dein ganzes Land. Schurken umgeben deinen Thron, Verleumdung die Sprache deines Hofes; und Mißvergnügen das Loos der Rechtschaffenen. Hätte dein Großvater mit prophetischem Auge vorhersehen können, daß sein Enkel seine Nachkommen zerstören würde, er hätte dich entsetzt ehe du in Besitz gekommen wärest.

Richard. Geh! alter mondsüchtiger Narr, der du dich erfrechst so gegen deinen König zu reden.

Königin. Nimm es nicht übel auf: eine Folge seiner Krankheit.

Richard. Wärest du nicht ein Bruder von des großen Edwards Sohn, deine allzugeläufige Zunge würde dir den Kopf herunter schwatzen.

Lan.

Lankaſter. O, meines Bruders Edwards
Sohn, ſchone meiner nicht. Du haſt doch ſchon Edwards Blut, gleich einem Pelikan abgezapft, und
im trunknem Muthe verſchwelgt. Mein Bruder
Gloceſter, eine rechtſchaffne gute Seele, kann ein
warnendes Zeugnis ſeyn, daß du kein Bedenken
trägſt Edwards Blut zu verſprizen. Vereinige dich
nur mit meiner gegenwärtigen Krankheit, laß deine
Grauſamkeit die krumme Senſe der Zeit ſeyn; mähe
ab die ſchon lange welkende Blume. Lebe in deiner Schande, aber deine Schande ſterbe nicht mit
dir. — Dieſe Worte ſollen deine Foltrer ſeyn. —
Bringt mich in mein Bette, und dann in mein Grab.
Lieben mögen die das Leben, denen Liebe und Ehre
zu Theil wird.

   (Man trägt ihn weg. Northumberland folgt.)

 Richard. Und die mögen ſterben die alt und
grämlich ſind; beides biſt du, und beides gehört
zum Grab.

 York. Wie die Königin geſagt hat; halte es
ſeiner Krankheit zu gut: er liebt und ſchätzt dich
wie ſein Sohn Bolingbroke, wenn er hier wäre.

 Richard. Ganz recht, wie du ſagſt; einer wie
der andre: wie ihre Liebe ſo die meinige; und alles
ſey ſo wie's iſt.

           Sechs

Sechster Auftritt.

Northumberland (kömmt)

Northumberland. Ihr Majestät! der Herzog von Lankaster unterlag seiner Schwachheit, und starb im wegtragen.

York. O York, mögst du der nächste seyn. Ist der Tod schon arm, endet er doch der sterblichen Wehen.

Richard. Die reifste Frucht fällt zuerst, darum er. Seine Zeit war aus, unsre Pilgrimschaft wirds auch einst seyn. — So viel hievon. — Nun vom Irländischen Krieg. Die Rebellen müssen gedemüthiget werden: und da der Krieg viel Aufwand erfordert, so nimm du Green Besitz von allem Vermögen des Herzogs von Lankasters, Baarschaften, Einkünften, beweglichen und unbeweglichen Gütern, wie sie mein Oheim im Besitz hatte.

York. Wie lange kann ich's noch dulden? wie lange wird der Gedanke meiner Pflicht mir auszuharren Kraft verleihen? Nicht Glocesters Tod, nicht Bolingbroks Verbannung, nicht Lankasters Mißhandlung, nicht Englands innerliches Leiden, nicht meine Verachtung, haben mich verleitet nur einen finstren Blick gegen meinen Oberherrn zu machen. Ich bin der letzte von den edlen Edwards Söhnen,

von

von benen bein Vater der älſte war. Im Kriege
war er wüthenb wie ein Löwe; im Frieden ſanft
und mild wie ein Lamm. Du haſt ſeine Bildung:
ſo ſah er aus, wie er in deinem Alter war. Aber
wenn er zürnte, ſo war's gegen ben Franzoſen, und
nicht gegen ſeine Freunde. Seine eble Hand ge-
wann erſt was ſie ausgab, und ſpendete nicht, was
ſein ſiegender Vater erworben hatte. Seine Hände
waren unbefleckt von Verwandten Blut, aber trieften
vom Blute der Feinde. O Richard! York iſt ſchon
zu weit in ſeinem Gram gegangen, ſonſt würde er
dieſe Vergleichung nicht angeſtellt haben.

Richard. Wie, Oheim, wie ſo?

York. Vergieb mir, mein Herr, wenn du willſt,
ober auch nicht, ich bin mit allem zufrieden. Aber
reiſſeſt bu Bolingbrofs Erbtheil an dich, ſo thuſt
bu die ſchreiendſte der Ungerechtigkeiten: Thu's;
aber erſt hebe Bolingbrofs Rechte auf, vertilge
ſeine Urkunden; laß Morgen nicht auf Heute folgen; ſey nicht mehr du ſelbſt, denn was gab dir
die Krone, als der Erbfolge Recht? — Bei Gott!
der es verhüten wolle, reiſſeſt du mit Unrecht Bolingbrofs Erbſchaft an dich, ſo häufeſt du tauſend
Gefahren auf dein Haupt, entferneſt von dir die Gut-
geſinnte, und reizeſt auch meine nachgebende Ge-
bulb,

buld, zu Gedanken, die sich mit des Unterthanen Pflichten nicht verbinden.

Richard. Denk was du willst; ich bemächtige mich seines Vermögens.

York. So will ich nicht dabei seyn. Lebe wohl mein König. Was daraus entstehen wird, kann niemand sagen: aber schlimme Handlungen können keinen guten Erfolg haben. (geht)

Richard. Green, vollzieh deinen Auftrag: ich will nach Irrland. Es bleibt dabei, daß York Statthalter werde; er war uns immer getreu. Komm Königin, Morgen müssen wir scheiden.

(König, Königin und alle ab, bis auf Northumberland, Roß und Willougbby.)

Northumberland. Nun ihr Herren, der Herzog von Lankaster ist todt?

Roß. Und lebt wieder, denn sein Sohn ist jetzt Herzog.

Willoughby. Dem Titel nach, aber nicht an Einkünften.

Northumberland. Reichlich an beiden, wenn Gerechtigkeit gilt.

Roß. Mein Herz ist voll; aber es muß schweigen.

Northumberland. Sag ohne Bedenken; der soll kein Wort mehr sprechen, der dich verräth.

Willoughby. Wenn es darauf ankömmt, Bolingbroken zu nützen, rede frei heraus: ich höre gern, wenn man etwas gutes für ihn thun will.

Roß. Alles, was ich für ihn thun kann, ist daß ich ihn bedaure.

Northumberland. Beim Himmel! es ist doch aber schändlich, daß man mit einem königlichen Prinzen so umgeht, und mit so manchem andern Blut, unsers sinkenden Reichs. Der König ist nicht er selbst, und von schändlichen Schmeichlern gegängelt; jede Lüge die sie gegen uns erdenken, nimmt er für wahr an, und wüthet gegen uns, unsre Kinder und Vermögen.

Roß. Die Gemeinen plündert er durch unsäglliche Auflagen, und hat ihre Herzen verloren. Die Edlen quält er mit alten Ansprüchen, und auch ihre Liebe hat er verloren.

Willoughby. Und die tägliche neu erdachte Erpressungen — Gott weiß wo sie hinkommen.

Northumberland. Der Krieg hat's nicht weggeraft! denn er hat keinen geführt, sondern in einem schändlichen Vergleich hingegeben, was seine Vorfahren mit Blut erworben hatten. Ihm kostet der Friede mehr als jenen der Krieg.

Roß.

Roß. Verpachtet das Königreich!

Willoughby. Der König ist wie bankerot.

Northumberland. Vorwürfe und Armselig-
keit hängen über sein Haupt.

Willoughby. Er hatte kein Geld für den Irr-
ländischen Krieg, darum mußte er den verbannten
Herzog plündern.

Northumberland. Seinen eignen edlen Vetter — Ueber den entarteten König! Aber ihr Herren,
wir hören das schreckliche Gewitter von weiten,
und sucht keiner sich zu schützen: sehen den Wind
unsre Segel zerreißen, und keiner zieht sie ein, gehen
sorglos zu Grunde.

Roß. Der Sturm ist nahe, und nirgends kein
Rettungsmittel.

Northumberland. Nicht so: ich sehe aus des
Todes hohlen Augen, Leben hervorschimmern. Aber
ich wag es nicht zu sagen, wie nahe die Mittel zu
unsrer Hülfe sind.

Willoughby. Theile uns deine Gedanken mit,
wie wir es gegen dich thaten.

Roß. Sprich zuversichtlich; wir drei sind nur
eins, und so deine Worte nur Gedanken.

Northumberland. Wohl dann meine Freunde:
Bolingbroke ist auf das Gerücht der letzten Krankheit seines Vaters zurückgekommen, und hält sich

nicht

nicht fern von hier. Die Nachricht von der Ein-
ziehung seiner Güter wird ihn entrüsten; das all-
gemeine Mißvergnügen giebt ihm Anhänger genug:
und so — Wollen wir dann abschütteln das skla-
vische Joch, unserm Vaterland neue Kraft geben,
auslösen die Krone vom schändlichen Pacht, den
Staub wegwischen vom güldnen Scepter, der Majestät wieder ihr eigenthümliches Wesen geben — so
kommt mit nach Ravensburg. Zaubert ihr aber,
habt ihr Bedenklichkeiten, so schweigt und laßt
mich machen.

Roß. Zu Pferde! Zu Pferde! laß den sich
bedenken, der fürchtet.

Willoughby. Hält das Pferd aus, so bin ich
der erste dort.

(alle ab.)

————————

Zweite

Zweite Handlung.

Erster Auftritt.

Hof.

Königin und Scroop. Gefolge.

Scroop Ihr Majeſtät muß ruhig ſeyn; ſie verſprach dem König bei ſeiner Abreiſe, allen Kummer zu verbannen und heitrer Laune zu ſeyn.

Königin. Dem König zu gefallen verſprach ich's; mir zu gefallen aber kann ich's nicht. Ich weiß nicht warum Schwermuth mir ein ſo willkommner Gaſt iſt: aber ich ahnde ein ungebohrnes Uebel, das im Schoſe des Schickſals reift.

Scroop. Ihr Majeſtät iſt über des Königs Abreiſe betrübt, und es iſt dem Schmerz eigen, daß er in ein banges unbekanntes Ahnden übergeht.

Königin. Es mag ſo ſeyn: aber hier in meinem Innerſten fühl ich, daß es nicht ſo iſt. Ich kann nicht anders als traurig ſeyn, auf eine ſo bange Art traurig, daß — —

Scroop. Es iſt bloſe Einbildung, meine Königin.

Königin. Kann ſeyn — —

Zwei‐

Zweiter Auftritt.

Green kömmt.

Green. Der Himmel erhalte Ihr Majeſtät: ich hoffe der König iſt noch nicht nach Irrland übergeſchift.

Königin. Warum hofſt du das?

Scroop. Was konnte er beſſers thun?

Green. Uns hier beiſtehn. Bolingbroke der Verbannte, ruft ſich ſelbſt zurück, und iſt an der Spitze eines anſehnlichen Heeres bei Ravensburg.

Königin. Gott verhüte das!

Green. Nur allzu wahr gnädigſte Königin, und was das ärgſte iſt, Northumberland, der junge Percy, Roß, Beaumondt und Willoughby, mit allen ihren mächtigen Anhängern, ſind zu ihm übergegangen.

Scroop. Warum aber Northumberland mit allen ſeinen Anhängern nicht für Rebellen erklären?

Green. Gethan. Aber Worceſter hat darauf ſeinen Staab gebrochen, ſein Oberhofmeiſteramt niedergelegt, und iſt mit allen Dienern zum Bolingbroke übergegangen.

Königin. Nun dann Green, du biſt die Gebährmutter meiner Wehen, und Bolingbroke meines
nes

nes Kummers unselige Geburt. Unglück häuft sich auf Unglück, Weh auf Weh!

Scroop. Ihr Majestät muß nicht verzweiflen.

Königin. Wer will mich daran hindern? ich will verzweifeln; haffen jede Hofnung. Sie ist eine Schmeichlerin, eine Schmarotzerin, hindernd den Tod der sanft auflößt die Bande des Lebens, das eitle Hoffnung, zum Elend nur immer verlängert.

Dritter Auftritt.

York kömmt.

Green. Hier kömmt der Herzog von York.

Königin. Mit Zeichen des Krieges auf seinem bejahrten Nacken: finster sind seine Blicke von Sorgen. O lieber Oheim, um des Himmelswillen sag' etwas tröstliches.

York. Thät ich's, ich löge meinen eignen Gedanken. Trost ist im Himmel, hier nicht; Sorgen, Elend ist hier. Dein Gemahl ist gegangen in der Ferne zu retten, was ihm unterdessen andere hier rauben. Ich soll jetzt dieß Land unterstützen, ich der vom Alter geschwächt kaum mich selbst tragen kann. Nun kommen die traurigen Folgen

sei-

ſ..er Schwelgerei; jetzt mag er ſeine Freunde kennen lernen, die ihm ſchmeichelten.

Vierter Auftritt.

Ein Bote kömmt.

Bote. Gnädiger Herr; dein Sohn war ſchon
fort, ehe ich kam.

York. War er? Nun dann — ſo geh alles,
wie es will. Die Edlen ſind ſchon abtrünnig, die
Gemeinen erkaltet, und wanken ſchon auf Bolingbrofs Seite. Geh du nach Plaſchie, ſag meiner
Schweſter ſie ſoll mir tauſend Pfund ſenden. Hier
bring ihr dieſen Ring.

Bote. Herr ich hatte vergeſſen zu ſagen, — —
aber wie ſoll ich? — —

York. Was iſt's? Rede.

Bote. Eine Stunde ehe ich kam, ſtarb deine
Schweſter.

York. Daß Gott erbarm! wie viel Elend auf
einmal! Ich weiß nicht was ich thun ſoll. Wollte Gott, der König hätte, ohne daß ich's ver-
ſchuldete, meinen Kopf mit dem meines Bruders
zugleich abgeſchlagen. — Hat man denn ſchon
nach Irrland geſchickt? — Wo Geld zu dem Krieg
hernehmen? Komm Schweſter — Baſe wollt' ich

ſagen,

sagen. O vergieb mir. (zum Boten) Du, Freund,
geh; rüste Wägen, laß Waffen darauf laden die
zu Hause sind. — Wollt ihr Herren das Heer
mustern? Warlich, ich weiß nicht wie ich wieder
ordnen soll, was mir so verworren übergeben
ist: — Sie sind beide meine Vettern — Jener
auch mein König; für ihn sprechen Eid und Pflicht:
aber auch der andere ist mein Neffe, und ihm ist
Unrecht geschehen. Gewissen und Verwandschaft
sagen: Hilf dem Unterdrückten zu seinem Recht! —
Nun, eins muß gethan seyn. — Komm Base
ich will dich in Sicherheit bringen. — Geht,
mustert die Leute, und kommt nach Berkley-Cast-
le — ich sollte auch nach Plaschie — Aber wo
Zeit nehmen? — Alles uneben, alles ungerade.

(York und Königin ab.)

Green. Was ist nun zu thun?

Scroop. Hier nicht bleiben: als des Königs
Anhänger verfolgte man uns zuerst.

Green. Also lieber fort zum König nach Irrland und hier alles im Stich gelassen.

Scroop. Der arme York — sein Geschäft ist
nicht viel leichter, als Sand zählen, oder das
Weltmeer trocknen. Ficht einer auf seiner Seite,
so flieh'n Tausende: doch will ich zu ihm.

Green.

Green. Lebt wohl, ein für allemal.

Scroop. Ich fürchte wir sehn uns nicht wieder.

Fünfter Auftritt.

Wildnis in Glocesterschire.

Bolingbroke und Northumberland mit Gefolge in einiger Entfernung.

Bolingbroke. Wie weit haben wir nun noch nach Berkley?

Northumberland. Warlich, ich bin hier ganz fremd. In den wilden Gebürgen und rohen Wegen würden die Stunden lang geworden seyn, wenn deine Gesellschaft nicht gewesen wäre: ich bedaure Roß und Willboughby, die derselben beraubt sind.

Bolingbroke. Du setzt ihren Werth zu hoch an:

(Percy kömmt.)

Sechster Auftritt.

Bolingbroke. Aber wer kömmt hier?

Northumberland. Mein Sohn Heinrich Percy; vermuthlich von meinem Bruder Worcester gesandt. — Heinrich was macht dein Oheim?

Percy. Ich hoffte es von dir zu hören?

Northumberland. Iſt er denn nicht bei der Königin?

Percy. Nein mein Vater, er hat den Hof verlaſſen, den Marſchallſtab gebrochen, und das königliche Hofgeſinde auseinander gehen laſſen.

Northumberland. Was war die Urſache? Als ich ihn verließ dachte er nicht ſo.

Percy. Weil du für einen Verräther erklärt wurdeſt. Ich bin hieher, um die Macht des Herzogs von York zu erforſchen; er aber iſt zum Bolingbroke, jetzt Herzog von Lankaſter.

Northumberland. Kennſt du den Herzog nicht?

Percy. Ich ſah ihn nie.

Northumberland. So lern ihn jetzt kennen: dies iſt der Herzog von Lankaſter.

Percy. Mein gnädigſter Herr: ich biete dir meine Dienſte an, ſo wie ſie ſind, ſchwach, roh und jugendlich. Die Zeit wird ſie reifen und deiner würdiger machen.

Bolingbroke. Ich danke, edler Percy. Ich bin nie glücklicher, als wenn ich mich meiner Freunde erinnern kann. Die Liebe zu dir ſoll mit meinem Glücke reifen: und was mein Herz denkt, verſpricht dir dieſe Hand.

(Giebt ihm die Hand.)

Nort.

Northumberland. Wie weit ist's noch bis
Berkley, und was für Bewegungen macht dort
der alte gute York mit seinen Kriegsmännern?

Percy. Das Schloß liegt dort hinterm Wald,
und es sind, wie ich höre, nicht über hundert
Mann darinnen; mit ihnen York, Berkley, Sey-
mour, sonst niemand von Name und Ansehn.

Siebender Auftritt.

Roß und Willoughby kommen.

Northumberland. Hier kommen Roß und
Willoughby, blutig vom spornen und feuerroth
von Eil.

Bolingbroke. Willkommen meine Herren. Ich
wette, ihr folgt liebevoll einem verbannten Verräther. Alle meine Schätze sind bloßer Dank; ich
muß reicher seyn, um eure Liebe und Mühe beloh-
nen zu können.

Roß. Deine Gegenwart macht uns reich.

Willoughby. Und jede Mühseligkeit über-
stehen.

Bolingbroke. Immer mehr Dank — der
Wechselbrief eines Armen — bis meines Glücks
Kindheit mehr zu Jahren kömmt. — Aber wer
ist das?

Ach-

Achter Auftritt.

Berkley kömmt.

Northumberland. Es ist Lord Berkley.

Berkley. Lord Bolingbroke, mein Auftrag ist an dich.

Bolingbroke. Und meine Antwort zu Lanka-ster. Dieses Namens wegen, bin ich nach Eng-land gekommen, und find' ich ihn nicht auf deiner Zunge, so hab' ich keine Antwort.

Berkley. Mißversteh' mich nicht; ich will dich keines Titels berauben. Lord, von was du willst; Herzog York, der jetzt Stadthalter ist, sendet mich, dich zu fragen, was dich bewege diese Zeit zu benutzen, und durch bürgerlichen Krieg —

Neunter Auftritt.

York kömmt.

Bolingbroke. Es wird keines Auftrags be-dürfen. Hier kömmt er selbst. Edler Oheim.

(Er beugt sein Knie.)

York. Zeig mir Demuth des Herzens, nicht der Knien, die betrüglich und falsch ist.

Bolingbroke. Gnädiger Oheim!

York.

York. Stille, stille! Weder gnädig, noch
Oheim. Ich bin keines Verräthers Oheim; und
das Wort gnädig entweiht eines Rebellen Mund.
Was hat dich Verbannten veranlaßt Englands Boden zu betreten, und mit kriegerischem Heer über
dein mütterliches Land zu ziehn, zu verscheuchen
den ruhigen Landmann, und Schrecken in die Woh-
nungen deiner Mitbürger zu verbreiten. Kömmst
du, weil der König abwesend ist? Er ist gegenwärtig, in meiner getreuen Brust wohnt seine Gewalt. Wär ich nur noch so jugendlich, als da-
mals, wie dein braver Vater und ich, den jungen
Helden, den schwarzen Prinzen, mitten unter vie-
len tausend Franzosen retteten. O! wäre dieser
Arm nicht von der Gicht gelähmt, ihr solltet ihn
fühlen; ich würde euch lehren. — —

Bolingbroke. Laß mich, mein gnädiger Oheim,
mein Verbrechen wissen. Wie groß ist's? Wo-
rinn besteht's?

York. Es ist der Verbrechen größtes. Eine
mächtige Empörung, eine abscheuliche Verrätherei.
Du bist ein Verbannter, und kömmst ehe deine
Zeit aus ist, hieher; trotzest gewaffnet deinem
Herrn.

Bolingbroke. Als man mich verbannte war
ich Heerford; jetzt da ich komme bin ich Lankaster.

ſter. Und wie, mein edler Oheim? Kannſt du
ruhig das Unrecht mit anſehen, das mir wieder⸗
fährt? Du biſt mein Vater: denn ich meyne den
alten Gaunt wieder in dir zu ſehen. Wohl dann
mein Vater! Kannſt du geſtatten, daß ich wie ein
Landſtreicher herumwandern, und allen meinen An⸗
ſprüchen entſagen ſoll? Was hilft mir dann meine
Geburt? So wie mein Vetter, König von Eng⸗
land iſt, bin ich Herzog von Lankaſter. Du haſt
einen Sohn; wärſt du erſt geſtorben, und hätte
man ihn ſo gebeugt, mein Vater würde die Schmach
gerächt, ihn bis auf's äuſſerſte geſchützt haben.
Meiner Güter Beſiz verſagt man mir; ſie wer⸗
den verſchleudert, wie alles übrige durchgebracht.
Was will man, daß ich thun ſoll? Ich bin ein
Unterthan; rufe die Geſetze an, und man verſagt
mir Anwälde: muß ich zulezt nicht ſelbſt kommen,
mein freies Erbrecht anzuſprechen?

Northumberland. Sehr hat man den edeln
Herzog mißhandelt.

Roß. Von dir hängt's ab, ihm Recht zu
ſchaffen.

Willoughby. Schurken haben ſich durch ihn
bereichert.

York. Meine Lords von England, hört mich. —
Tief fühl ich das Unrecht, das ihm wiederfährt;

habe

habe, mir alle Mühe gegeben, ihm zu seinem Recht zu helfen. Aber auf diese Art zu kommen, mit trozenden Waffen, sich den Weg mit dem Schwerd' öffnen; Recht durch Unrecht suchen, das kann nicht seyn. Und ihr alle die ihm beysteht, seyd Rebellen.

Northumberland. Der Herzog hat geschworen, nur seines Eigenthums wegen zu kommen, blos Gerechtigkeit fordernd; ihm dazu zu verhelfen, haben wir alle geschworen; und wehe dem der den Eid bricht.

York. Wohl, wohl, ich sehe den Ausgang von allen dem; vermag's nicht zu hindern. Gesteh's daß meine Gewalt nichts ist. Könnt' ich aber, beim Gott der mir das Leben gab; ich wollte euch alle gebunden der Willkühr eures Königs überliefern. So aber kann ich's nicht, und vermag nur neutral zu bleiben. Lebt wohl; ich will zur Königin.

Bolingbroke. Wo ist sie?

York. Auf mein Schloß geflüchtet.

Bolingbroke. Laß ihr nichts abgehn Oheim, biete ihr meine ergebenste Dienste an.

York. Gut, gut. Wollt ihr bei mir einkehren, die Nacht über ruhen, ihr könnt s.

Bo.

Bolingbroke. Wir nehmen, lieber Oheim, das Anerbieten an. Nur mußt du noch mit uns nach Bristol, wo Bushy, Green und einige andere sind, diese Raupen des Staats zu vertilgen.

York. Es mag seyn. Doch nein, laßt mich, ich mag die Landgesetze nicht brechen. Nicht Freunde, nicht Feinde; ihr werdet mir willkommen seyn: was sich nicht ändern läßt, soll mich auch nicht mehr kümmern. (ab.)

Zehnter Auftritt.

(Während daß des Bolingbroks Gefolge abzieht, kömmt ein Hauptmann mit Wallisern vom Gebürge herunter gezogen, dem Heer des Bolingbroks nach. Berkley geht ihm entgegen.)

Berkley. Wohin?

Hauptmann. Wir haben schon zehn Tage geharret: länger können wir unsre Landsleute nicht beisammen behalten: also lebt wohl.

Berkley. Warte nur noch einen Tag, du rechtschaffner Walliser: der König setzt sein ganzes Vertrauen auf dich.

Hauptmann. Nein wir bleiben nicht mehr: es heißt der König sey todt. Die Lorbern unsrer Ge-

C   gend

genb sind vertrocknet; Wunderzeichen verscheuchen
die Firsterne vom Himmel. Der blaßwangigte
Mond scheint blutig auf die Erbe herab; und hagre
Propheten flüstern von schröcklichen Veränderun-
gen. Solche Zeichen sind Vorboten vom Tode der
Könige. Leb' wohl: wir ziehen weiter. (ab.)

Berkley. Ach Richard! Deine Sonne geht
thränend im niebrigen West unter: weissagend
kommende Stürme, Wehen, und Unruhen. Deine
Freunde gehn zum Feind über, und alles vereinigt
sich zu deinem Verderben. (ab.)

—————

Drit-

Dritte Handlung.

Vor dem Schloß Barkloughly.

Erster Auftritt.

Richard. Aumerle. Soldaten. (Trompetenschall.)

Richard. Barkloughly heißt ihr jenes Schloß?

Aumerle. Ja gnädigster Herr. Wie bekommt Ihr Majestät die Landluft nach dem Schwanken der See.

Richard. Natürlich sehr gut. Ich weine vor Freude, wieder auf meines Königreichs Boden zu stehn. Sey mir gegrüßt theure Erde! wenn schon Rebellen dich mit den Hufen ihrer Pferde verwunden. Wie nach langer Entfernung eine Mutter mit ihrem Kinde thränend liebäugelt und zärtlich spielt: so weinend und lächlend grüß' ich dich meine Erde: Nähre nicht deines Königs Feinde; stärke mit deinen Erquickungen, nicht jener räuberischen Muth. Leg giftsaugende Spinnen auf ihren Weg und hoch-aufgeschwoll'ne Kröten, zu verwunden die Füße dererjenigen die widerrechtlich dich betreten. Laß stechende Nesseln meinen Feinden wachsen; und pflücken sie von deinem Busen eine Blume, so bewache sie, ich bitte dich, mit einer laurenden Nat-

C 2   ter

ter, die doppelzüngicht mit tödtendem Stiche deines Königs Feinde verwunde. — Spottet nicht über meine Beschwörung lebloſer Weſen. Dieſe Erde wird Gefühl bekommen, in gewafnete Männer werden ſich dieſe Steine verwandeln, ehe ihr rechtmäßiger König von eines Rebellen Arm fallen wird.

Aumerle. Fürchte nichts, gnädigſter Herr: die Macht, die dich König ſchuf, hat Gewalt, dich als König zu erhalten, Troz allen. Aber die Mittel, welche der Himmel anbietet, müſſen ergriffen werden; nicht vernachläßigt. Sonſt vereitlen wir die vorhandne Mittel zur Hülfe und Rettung. Wir ſind zu nachläßig, wärend Bolingbroke, durch unſre Sicherheit mächtig an Macht und Anhang zunimmt.

Richard. Mißtröſtender Vetter, weißt du nicht, daß wenn des Himmels forſchendes Auge ſich verbirgt, um der Unterwelt zu leuchten, dann Diebe und Räuber ungeſehn herum ſchleichen im Mord und blutigem Unweſen. Kömmt ſie aber auf unſerm Erdball zurück, kaum erſt röthend.die Gipfel öſtlicher Fichten, und durchſtrahlend jede verbrecheriſche Höle, dann ſtehn Mord, Verrath und jede abſcheuliche Sünde, wenn der Mantel

der

Nacht von ihren Schultern gerissen ist, nackend
da, für sich selbst zitternd. So der Räuber, der
Verräther Bolingbroke; er wird, wenn ich wieder komme, sich selbst scheuend, seiner Fehler wegen zittern. All das Wasser der rauschenden See
vermag nicht wegzuwaschen das Oel vom gesalbten
Haupte eines Königs. Der Athem eines Sterblichen kann einen auserwählten Gesandten Gottes
nicht absetzen. Für jeden Mann, den Bolingbroke
dahin brachte, den scharfen Stahl gegen meine
Krone zu heben, hat Gott für seinen Richard einen
glorreichen Engel im himmlischen Sold: und wenn
Engel fechten, müssen Menschen fallen: der Himmel schützt immer das Recht.

Zweiter Auftritt.
Berkley kömmt.

Richard. Willkommen Salisbury: wie weit
von hier ist deine Kriegsmacht?

Berkley. Nicht näher und ferner, gnädigster
Herr als dieser schwache Arm: trostlose Nachrichten spricht meine Zunge, nichts als Verzweiflung.
Ein Tag zu spät, fürcht' ich, hat alle deine hof-
nungsvolle Tage umwölkt. O rufe Gestern zurück, gebiete der Zeit wieder zu kehren, und

du

follſt zwölftauſend rüſtige Männer haben. Ein
Tag, ein einziger Tag — ein unglücklicher Tag
zu ſpät, zerſtört alle deine Freuden, Freunde,
Glück und den Staat. Alle Walliſer ſind, auf die
Nachricht deines Todes, zum Bolingbroke überge-
gangen und haben ſich zerſtreut.

Aumerle. Muth, gnädigſter Herr.

Richard. Jeder der ſich retten will, fliehe von
meiner Seite: die Zeit hat meinen Stolz geſchändet.

Aumerle. Muth, gnädigſter Herr, erinnere dich
wer du biſt.

Richard. Ich hat's vergeſſen: bin ich nicht
König? Erwache feigherzige Majeſtät, du ſchläfſt:
iſt des Königs Name nicht ſo viel als vierzig Tau-
ſende. Rüſte, rüſte dich Name: zu züchtigen einen
Unterthanen, der die Majeſtät anzutaſten wagt. —
Seht nicht ſo auf den Boden ihr Günſtlinge eines
Königs, ſind wir nicht erhaben? Erhaben ſey'n
auch unſre Gedanken. Ich weiß mein Oheim York
hat eine Macht zu unſerm Dienſt. Wer kömmt da?

Dritter Auftritt.

Scroop kömmt.

Scroop. Mehr Heil und Glück ſey bey meinem
König, als meine Zunge ihm berichten kann.

Ri-

Richard. Offen iſt mein Ohr und bereit mein Herz, das ärgſte was du mir verkündigen kannſt, iſt weltlicher Verluſt. Sag iſt mein Königreich verlohren? Wohl denn, es war meine Sorge: was iſt's für ein Verluſt, Sorge verlieren? Strebt Bolingbroke ſo groß zu ſeyn, als ich? Größer kann er nicht werden; iſt er doch immer Gottes Unterthan, wie auch ich; und ſo wären wir wiederum gleich, Empören ſich meine Unterthanen? Ich kann's nicht hindern. Sie brechen ihren Eid gegen Gott, wie gegen mich. Ruf' immer Weh! Zerſtöhrung, Untergang, Jammer, — das ärgſte iſt Tod; und der kömmt doch einmal gewiß.

Scroop. Gut, daß mein König ſo gefaßt iſt, die Erzählung des Unfalls anzuhören. Wie an einem rauhen, ſtürmiſchen Tage, die Silberbäche aus ihren Ufern drängen, als zerflöße die Welt in Thränen, ſo hoch ſchwellt über ihre Ufer, Bolingbrok's Wuth, bedeckend das furchtſame Land mit hartem, glänzendem Stahl, und mehr als ſtählernen Herzen. Graubärte haben ihre dünne, kahle Schädel gegen Ihre Majeſtät bewafnet: Buben mit Weiberſtimmen ſtreben grob zu ſprechen; und ſchnallen ihre weiblichen Gelenke in ſteife unbiegſame Rüſtungen, gegen deine Krone. Selbſt Geiſtliche ſpannen ihren Bogen gegen den Staat.

C 4   Ja

Ja Kräuterweiber tragen roſtige Spieße. Jung
und Alt empört ſich, und alles geht ſchlimmer als
ich ſagen kann.

Richard. Nur ein zu guter Erzähler des Elends
biſt du; Wo iſt Wiltshir, wo Buſhy, wo
Green, haben dieſe keine Maasregeln genommen,
oder haben auch ſie mit Bolingbroken Friede
gemacht.

Scroop. Ja wahrlich haben ſie auch Frieden
gemacht.

Richard. O die Ungeheuer! Vipern, erwärmt
durch das Blut meines Herzens, das ſie jetzt durch-
bohren.

Scroop. Die ſüßeſte Liebe geht, wie ich ſehe,
wenn ſie von Eigenſchaft ändert, in bitterſten,
tödtlichſten Haß über. Mit den Köpfen nicht den
Händen haben ſie Friede gemacht; Sie, die Ihr
Majeſtät beſchuldigt, ſind unter des Todes verder-
bender Hand gefallen, liegen tief in ihrem Grab.

Aumerle. Buſhy, Green, und Wiltshire
todt?

Scroop. Ja ſie verloren ihre Köpfe zu Briſtol.

Aumerle. Wo iſt der Herzog, mein Vater mit
ſeiner Macht?

Richard. Einerlei, wo er iſt; daß keiner mehr
von Hülfe rede. Von Gräbern laßt uns ſprechen,
von

von Würmern und Grabschriften. Den Staub
zum Papier machen, und mit regnenden Augen
Jammer auf den Busen der Erde schreiben. Ver-
mächtniße laßt uns machen — Doch auch das
nicht: denn was können wir vermachen, als unsre
Leiber der Erde. Land, Leben, alles gehört Bolingbroken. Nichts können wir unser nennen als den
Tod, und der schmale Raum, der unsre Leichname bedecken wird. Um's Himmels willen laßt uns da auf
dem Boden sitzen und erzählen Geschichten vom Tode
der Könige. Wie einige abgesetzt, einige im Krieg
erschlagen; einige verfolgt wurden vom Gespenst
derer die sie abgesetzt hatten, einige von ihren Wei-
bern vergiftet wurden, einige schlafend getödtet
wurden — alle ermordet. — Bedeckt euch doch;
spottet nicht so Fleisches und Bluts: weg mit aller
Ehrfurchtsbezeugung und Ceremoniel: ich lebe von
Brod wie ihr; habe Bedürfniße wie ihr, fühle
Schmerz, bedarf Freunde; — so unterworfen,
könnt ihr sagen, ich sey ein König?

Aumerle. Gnädigster Herr, weise Männer be-
klagen nie gegenwärtiges Uebel, kommen dem gegenwärtigen Uebel zuvor, das sie künftig zu be-
klagen hätten. Furcht vermehrt des Feindes Stärke: fürchte dich, und du bist geschlagen. Es
kann dir nicht schlimmer gehn, wenn du fichst;

C 5   und

und fechten und sterben heißt Tod durch Tod vernichten. Aber den Tod fürchten, heißt ihm knech-
tisch fröhnen.

Aumerle. Mein Vater hat ein Kriegsheer,
forsche nach ihm, mach' aus einem Gliede einen
Körper.

Richard. Ihr habt Recht — wohl stolzer Bolingbroke ich will mich mit dir messen — Es war
ein Fieber Anfall von Furcht, der vorüber ist.
Sage Scroop, wo ist meines Oheims Heer? Ant-
worte heitrer, als deine Blicke.

Scroop. Urtheile aus diesen Blicken, was für
eine Nachricht noch nachkömmt. Dein Oheim
York hat sich mit Bolingbrok verbunden, und alle
deine nördliche Schlösser haben sich ergeben, und alle
südliche Edelleute.

Richard. Du hast genug gesagt: (zu Aumerle)
Wehe dir Vetter, daß du mich vom angenehmen
Wege, auf dem ich war, ableitetest zur Verzweiflung. Was sagt ihr nun? was für Hoffnungen
habt ihr jetzt? Beim Himmel ewig, will ich den
hassen, der mir noch ein Wort von Hofnung
spricht. — Hinauf da in das Schloß: dort will
ich's Leben wegschmachten. (er geht hinauf, alles
folgt ihm auf halbem Weg sagt er) Entlaßt die Mann-

schaft

schaft da, laßt sie hingehn, das Land bauen, daß
noch einige Hofnung Frucht zu tragen gibt; denn
ich habe nichts. Daß niemand widerspreche; aller
Rath ist vergebens.

Aumerle. Nur ein Wort mein König.

Richard. Doppelt beleidigt mich der, dessen
Zunge mich durch Schmeicheleien verwundet. Entlaßt diese Leute; laßt sie gehn, aus Richards Nacht
an Bolingbroks hellem Tage. (Sie ziehen theils hinauf, andre gehn)

Vierter Auftritt.

Bolingbroke, York, Northumberland,
und Gefolge.

(Während die Begleiter des Richards still her-
aufgehn, hört man von weitem einen krie-
gerischen Marsch; Bolingbroke kömmt ange-
zogen.)

Bolingbroke. Nach diesen Nachrichten also
sind alle Walliser auseinander gegangen, und der
König kann nicht fern von hier seyn? Wer hat
dieß Schloß inne?

Northumberland. Wenn Richard d'rinnen
wäre?

York.

York. Ich dächte Mylord Northumberland könnte wohl König Richard sagen. O des unseligen Tages, an dem solch ein geweihter König sein Haupt verbergen muß!

Northumberland. Du mißdeutest meine Reden, nur Kürze halber sagt ich so.

York. Es war eine Zeit, wo ich dir diese Kürze nicht gerathen hätte.

Bolingbroke. Lieber Oheim leg' seine Reden nicht übler aus, als Recht ist.

York. Und du lieber Vetter, nimm dir nicht mehr heraus, als Recht ist. Denk, der Himmel sey über deinem Haupte.

Bolingbroke. Ich weiß es und widersetze mich seinem Willen nicht. Aber wer kömmt da?

Fünfter Auftritt.

Percy kömmt.

Bolingbroke. Was für Neuigkeiten?

Percy. Habt ihr den König nicht angetroffen?

Northumberland. Nirgends.

Percy. Nun so muß er in diesem Schloße seyn.

Bolingbroke. So geh dann, Northumberland zu diesem alten Schloße, laß mit der ehernen Trompete das Zeichen des Vergleichs in diese verfall'ne Mauren hineintönen, und sage so: Heinrich

rich von Bolingbroke, küßt auf seinen Knien des
Königs Richards Hand, und sendet das Gelübbe
seiner Treue und Ergebenheit gegen seine königliche
Person. Zu seinen Füßen lege ich meine Waffen
und Macht, in der Zuversicht, daß er meine Verbannung widerrufen und mich freiwillig im Besitz
des meinigen setzen werde. Ist's aber nicht so,
dann benutz ich meine Macht, und dämpfe den
Sommerstaub mit Blutschauren aus den Wunden erschlagner Engländer. Wie abgeneigt aber
Bolingbroke ist, den frischgrünen Schooß von seines Königs schönen Lande mit solch blutigem Un-
gewitter zu zerstöhren, davon mag sein Zaudern,
und seine gänzliche Ergebenheit zeugen. Gehe sag
ihm das, wir wollen uns entfernen, indessen unsre
Leute sich auf dem grasigten Teppich dieser Ebne
lagern mögen. Der kriegerische Marsch beginnt wieder, aber Bolingbroke ruft.

Bolingbroke. Kein Lermen der drohenden
Trommel; damit von den Zinnen dieses hohen
Schlosses unser aufrichtiges Betragen bemerkt werde.

(Unterdessen ist Northumberland mit einem Trom-
peter und einigen hinauf gezogen, unfern
dem Thore geschieht die erste Auffordrung.
Antwort von innen. König Richard erscheint,
mit Aumerle, und Scroop auf dem Wall.)

York.

York. Sieh, sieh, der König erscheint selbst, gleich der blutigscheinenden mißvergnügten Sonne, wenn sie aus Ostens feurigem Thore bemerkt, daß neidische Wolken sich bestreben ihre Glorie zu verdunklen, und den prachtvollen Zug nach Osten zu beflecken. Sieh, und doch ganz wie ein König.

Bolingbroke. Entfernen wir uns. (beide ab)

Richard. Bestürzt steh' ich da, lange wartend ob keiner sein Knie beugen wird; mich euren Gesetzmäßigen König dünkend. Und bin ich's, warum erweißt man mir nicht, was man mir schuldig ist: bin ich's nicht, so zeige man die Hand Gottes, die mich meiner Statthalterschaft entließ. Das weiß ich, daß keine Hand von Fleisch und Blut, nach meinem geheiligten Scepter greifen darf, ohne Entheiligung, Diebstal, und Verrath. — Wohl weiß ich, daß mein Gott, der Allmächtige, mir zur Hülfe mustert, in seinen Wolken, Heere von Seuchen; treffen werden sie jeden, der seine Unterthanenhand gegen meine Krone aufhub, treffen euch und eure Kinder, selbst die noch nicht Gezeugte. Sagt dem Bolingbroke, denn dort glaub ich ihn zu sehn, jeder seiner Schritte auf meinem Lande ist gefährlicher Hochverrath. Er ist gekommen zu öfnen das purpurne Testament des blutigen Krieges. Aber eh' er diese Krone, nach der er strebt, er-

hält

hält, ehe sollen Tausende blutiger Schädel Englands Fluren bedecken.

Northumberland. Der König des Himmels
wolle verhüten, daß unser Herr der König, weder
durch bürgerlichen noch fremden Krieg gereizt
werde. Nein Ihr Majestät edler Vetter Heinrich von Bolingbroke, küßt deine Hand, und bei
dem ehrwürdigen Grabmal, über eures gemein-
schaftlichen Großvaters Gebeine schwört er; bei dem
königlichen eures aus der nämlichen edlen Quelle
kommenden Bluts, bei der kriegrischen Hand des
begrabnen Gaunts, bei seinem Wort und seiner
Ehre; kurz bei allem worauf sich schwören läßt,
und sagt, daß sein Kommen keinen andren Zweck
habe, als seiner königlichen Abkunft wegen, Gut und
Freiheit unmittelbar von Ihr Majestät auf seinen
Knien zu erbitten. So bald ihm dieses gewährt
wird, will er seine glizernde Waffen dem Roste,
seine langmänigte Roße den Ställen, und sein Herz
treuvoll dem Dienste seines Königs übergeben. Er
schwört's so wahr er ein Fürst ist, und ich, so wahr
ich ein Edelmann bin, glaube ihm.

Richard. Northumberland sag', der König er-
wiedre: sein edler Vetter sey ihm hier recht willkommen, und alle seine Fordrungen sollen erfüllt

werden, ohne Wiederrede. Sag ihm in meinem
Namen alles Verbindliche, das du nur kannst.

Northumberland. Will Ihr Majestät dort
hinunter, so wird er herkommen.

Richard. Will hinunter kommen.

(Northumberland geht. Richard kömmt zu den
Thoren heraus.)

Der König hinunter? wohl, wie der schimmernde
Phaeton, da er seine Pferde nicht bändigen konnte.
Hinunter König, denn Nachteulen schreien, wo
hochschwingende Lerchen wirbeln sollten.

(zu Aumerle)

Aber Vetter, ist's nicht Erniedrigung, sich so
ärmlich zu stellen, und so gute Worte zu geben?
Soll ich den Northumberland wieder zurückrufen?
dem Verräther eine Aufforderung senden, und so
sterben?

Aumerle. Mein lieber Herr, laß uns gute Worte
geben, bis die Zeit uns Freunde schaft, die unsre
Rede unterstützen.

Richard. O Gott! Gott! daß eben die Zunge,
die das schröckliche Urtheil der Verbannung gegen
den trotzigen Mann aussprach, es mit schmeichlen-
den Worten jetzt widerrufen muß! O wär ich so
groß als mein Gram! oder kleiner als mein Name!

D

O daß ich vergeſſen könnte, was ich geweſen bin, oder nicht fühlen, was ich jetzt ſeyn muß. Schwillſt du trotziges Herz? Klopfe immer, es gilt uns beide.

Aumerle. Bolingbroks Heer zieht ſich wieder hieher zu, und Bolingbroke kömmt wahrſcheinlich mit neuen Anforderungen.

Richard. Was muß der König noch thun? ſich unterwerfen? er wird's. — Sich abſetzen laſſen? herzlich gerne. Den Namen König verlieren? in Gottes Namen ſey's darum. Ich will hingeben alle meine Edelſteine für die Korallen eines Roſenkranzes; den prächtigen Pallaſt für eine Einſiedelei; allen Schmuck für einen Bettlerskittel; alles goldne Geräthe für ein Paar hölzerne Teller; meinen Scepter für den Wanderſtab eines Pilgrims; mein großes weites Königreich für ein kleines, enges Grab — enges, enges Grab — düſtres Grab. — O ich will mich auf des Königs Heerſtraße begraben laſſen, dort wo ſie am gangbarſten iſt; dort mögen die Füße der Unterthanen auf ihres Königs Haupt ſtündlich herumtrampeln. Sie, die ſchon jetzt, da, ich lebe, auf mein Herz treten, warum, wenn ich begraben bin, nicht auf mein Haupt? — Aumerle du weinſt? — Mein gutherziger Vetter, wir wollen mit unſeren verſchmähten Thränen ſchlimm Wetter

D   machen,

machen; sie und unsre Seufzer sollen das Söllner-
korn niederlegen und eine Theurung im rebellischen
Lande machen. Oder wollen wir mit unserm Elend
scherzen, zusammen unsre Thränen auf einen Platz
fallen laffen, bis sie uns zwei Gräber hölen, in
die man uns dann legt, mit der Inschrift: „Hier
liegen zween Verwandte; mit ihren Thränen höhl-
ten sie diese Gräber. — Würde das Uebel nicht
so gut werden? Wohl, wohl es ist müßiges Ge-
schwätz, und ich sehe ihr lacht darüber.

Sechster Auftritt.

(Bolingbrofs Heer versammelt sich auf allen
Seiten, Bolingbroke mit einigen, kömmt
zuletzt.)

Bolingbroke. Steht alle auf die Seite, und
erweißt seiner Majestät eure Ergebenheit. Gnädigster Herr. (Alle ein Knie auf der Erde.)

Richard. Mein edler Vetter, du entehrst dein
fürstliches Knie, wirst die Erde da stolz machen.
Mir wär's lieber wenn mein Herz deine Liebe fühlte,
als daß meine unzufriedne Augen deine Höflichkeit
sehn. Auf, Vetter, auf, dein Herz ist's ja doch
schon, wenigstens (auf seine Krone zeigend) so hoch,
so tief auch dein Knie ist.

Boling-

Bolingbroke. Gnädigster Herr, ich komme blos des meinigen wegen.

Richard. Dein Eigenthum ist dein, ich bin dein, und alles.

Bolingbroke. In sofern sey es, mein furcht-barer Gebieter, als meine treue Dienste deine Liebe verdienen sollen.

Richard. Wohl verdienst du sie: die verdienen etwas zu haben, die den kürzesten und sichersten Weg dazu kennen. (Zu York) Oheim gib mir deine Hand; laß seyn, trockne deine Augen, Thränen sind Zeichen der Liebe, aber sie helfen nichts. (zu Boling-broke) — Bin zwar nicht dein Vater, kann'st aber doch mein Erbe seyn. Wie du willst, ich geb's hin: willig, noch dazu. Denn das muß man ja thun, was Gewalt von uns will gethan haben. Wollen wir nach London zu! Ist's nicht so Vetter?

Bolingbroke. Ja gnädigster Herr.

Richard. Nun, so darf ich nicht Nein sagen.

       (Sie ziehn ab.)

     Zwi-

Zwischen Akt.

(Diese folgende Scene hat so viel schönes, daß ich mich nicht entschliessen konnte sie auszulassen, und doch wußte ich sie nirgends anzubringen. Zu Ende dieses dritten Akts hat sie Shakespear; und sie steht hier in großer Kunst. Der Dichter will den Zuschauer in einer traurigen Stimmung haben, und seine Neugierde wegen Richards Schicksal reizen. Darum diese zur Haupthandlung eigentlich nicht gehörige Scene. Ich aber konnte sie weder zum Ende des dritten Aufzugs, noch zum Anfang des vierten machen, da ich die Dürftigkeit des Bretter-wesens kenne. Weder die Dekorationen des dritten noch vierten Aufzugs lassen eine Veränderung des Theaters ohne viel Getümmel und nicht selten lächer-lichen Begebenheiten zu: und alles das würde dem Zweck dieser Scene widerstreben. Darum hier als Zwischen Akt.)

Ein Garten.

(Die Königin kommt mit ihren Hofdamen in der Entfernung her, alle in trauriger Ge-bährde. Die Hofdamen singen.)

Alle. Bitter ist's wenn Thränen fliessen,
Bittrer sie verbergen müssen.

Eine. Laß fliessen die Zähre.
Dem gebangtem Herzen

Liebe-

Liebevoll gewähre
Die Lindrung der Schmerzen.

Alle. Bitter ist's wenn u. s. w.

Königin. Hört auf zu singen; hier ist's zu voll;
Musik weckt jedes Gefühl des Schmerzens.

Eine Hofdame. Wir können eine andere Zer-
streuung suchen.

Königin. Wie du willst.

Andre Hofdame. Wollen wir mit Kugeln
spielen?

Königin. Nein, nein; mir wird dabei des
Glücks Veränderlichkeit einfallen, und wie meines
abwärts geht.

Eine Hofdame. Laßt uns Märchen erzählen.

Königin. Traurige oder lustige?

Hofdame. Beiderlei.

Königin. Von keiner Art: lustige würden mir
meine Freudenlosigkeit nur fühlbarer machen, und
traurige meinen Gram vermehren. Ich wollte du
weintest.

Hofdame. Gerne, hülf es ihnen etwas.

Königin. Auch ich kann weinen. Hälfen Thränen zu etwas, ich brauchte keine bei dir zu borgen.

D 3

Aber

Aber warte, da kommen Gärtner. Verbergen wir
uns hier im Schatten dieser Bäume — Ich wette
sie werden von Staatssachen reden. Denn so
macht's jeder, wenn eine Veränderung bevorsteht.
Unglück ist nie ohne Spott. (Die Königin mit ihren
Hofdamen entfernen sich.) Die Gärtner sind gekommen.

Gärtner. Geh binde dort die hängenbe Apricu-
sen Zweige auf, sie ziehn wie ungerathene Kinder
durch ihre Verschwendung den Vater zu Boden.
Und du haue die zu hoch aufsprossende Zweige ab;
in unsrer Republick muß alles eben seyn. Ich will
dort unterdessen das Unkraut ausreissen, das den
jungen Pflanzen die Nahrung raubt.

Knecht. Warum soll's hier ordentlicher aus-
sehn als im ganzen Lande, da geht alles drunter
und drüber.

Gärtner. Schweig. Der Ursach daran war,
empfindet's jetzt. Hätte Richard, wie wir, jeden
unnützen Zweig abgehauen, das Unkraut nicht auf-
schiessen lassen, er müßte nicht jetzt den Fall seiner
Blätter erfahren.

Knecht. Wie? was? meynt ihr denn der König werde abgesetzt werden.

Gärt-

Gärtner. Unterdrückt, ist er schon und abgesetzt wird er vermuthlich auch noch. Gestern Abends sind Briefe an des Hertog Yorks Freunde gekommen, die schlimme Zeitungen brachten.

Königin. (Kömmt hervor) O der Gram preßt mich zu tode, wenn ich nicht spreche. — — Wer sagt dir daß König Richard abgesetzt ist? Wägst du, nicht viel besser als Erde, seinen Fall zu weissagen? Sage wie, wenn, wo kamst du zu dieser Nachricht? Sprich, Elender!

Gärtner. Verzeihung gnädigste Frau. Mich freut's nicht diese Neuigkeit zu sagen. Aber was ich sag ist wahr. König Richard ist in des mächtigen Bolingbroks Gewalt; im Parlament wird man sie gegeneinander abwiegen. In ihres Gemahls Schaale, liegt ausser ihm nichts: in des großen Bolingbroks, ausser ihm selbst, alle Pairs von England, und so zieht er gewiß Königs Richards Schaale auf. Gehn sie nach London und sie werden's so finden; ich sage nichts, als was jedermann weiß.

Königin. Du sonst eilfertiges Unglück, betrift deine Bottschaft nicht mich? Warum muß ich's zuletzt erfahren. Soll ich die Letzte seyn, um den Kummer auf immer in meinem Busen zu ver-

schliefschliessen? Kommen Sie wir wollen nach London, um Londens König in Jammer zu sehn. Wie! war ich dazu geboren, einst noch Bolingbroks Triumph zu schmücken. Dir Gärtner wünsch ich für deine Nachricht daß die Pflanzen verdürren die du da setzest. (ab)

Gärtner. Wollt's wohl arme Königin, hälf es dir. Hier ließ sie eine Thräne fallen; hier muß ein Busch weinender Weiden her, zum Angedenken daß hier eine Königin weinte.

———————

Vierte

Vierte Handlung.

Erster Auftritt.

Bolingbroke. York. Aumerle. Roß. Willoughby. Percy. Scroop, Berkley, und mehrere im versammelten Parlament.

Bolingbroke. Diese Untersuchung wegen meines Oheims Glocesters Tod, muß zu seiner Zeit auf das Strengste vorgenommen werden.

Roß. Wie alles, was bisher zum Verderben des Staats geschahe.

Zweiter Auftritt.

Northumberland kömmt. (Man trägt Kron und Scepter mit herein.)

Northumberland. Großer Herzog von Lanlaster, ich komme zu dir, vom beraubten gepflückten Richard; mit williger Seele nimmt er dich zum Erben an, und übergiebt seinen Scepter in deine königliche Hände. Steig auf seinen Thron, der du von ihm abstammst, und lange lebe Heinrich seines Namens der Vierte. (Allgemeiner Ruf) Lange lebe Heinrich der Vierte.

York.

York. (ſteht auf) Der Himmel verhüte das. So übel man mir meine Rede auch aufnehmen wird, ſo muß die Wahrheit doch geſagt ſeyn. Wollte Gott, ein einziger dieſer edlen Verſammlung wäre bieder genug, unpartheiiſch gegen Richard zu ſeyn, zurückſtaunen würde er vor dieſes Unrecht. Wie? Kann ein Unterthan ſeinen König richten? Und wer ſitzt hier, der nicht Richards Unterthan iſt? Diebe werden nicht verurtheilt, man hört ſie erſt, ſo offenbar ihr Verbrechen auch ſeyn mag: und das Bild von Gottes Majeſtät, ſein Heerführer, ſein Stadthalter, der auserwählte Geſandte des Allmächtigen, geſalbt, gekrönt, manche Jahre ſchon ſitzend auf dieſem königlichen Thron, — er ſoll von Unterthanen gerichtet werden und ſelbſt nicht gegenwärtig ſeyn? Verhüte es Himmel, daß in einem chriſtlichen Lande, unter geſitteten Menſchen geſehen werde, eine ſo häßliche, ſchwarze, grauenvolle That. Ich rede mit Unterthanen, ſpreche begeiſtert von dort oben, als Unterthan ſo kühn für meinen König. Herzog Heerford, den ihr König nennt, wird dadurch ein Verräther an ſeinem König. Gebt ihr ihm die Krone, ſo weiſſag' ich: der Engländer Blut wird düngen dieſen Boden; noch künftige Zeitalter werden über den Frevel jammern. Friede wird wohnen

bei

bei Türken und Ungläubigen; aber in diesem Sitze
des Friedens, werden Kriegsgetümmel, Bürger
gegen Bürger, Verwandte gegen Verwandte rüsten.
Unordnung, Ruchlosigkeit, Mißtrauen und Meuterei wird hier wohnen. Man wird das Land Golga-
tha und Schedelstädte nennen. O reizt ihr diese
Geschlechte gegen einander, so wird die wehvollste
Zerrüttung entstehen, die jemals unsre verfluchte
Erbe traf. Kommt zuvor, widersteht, laßt ab,
oder eure Kindes-Kinder werden noch wehe über
euch rufen.

Northumberland. Schön gesprochen, aber
dafür klag' ich dich des Hochverraths. (es entsteht
ein Gemurmel.)

Bolingbroke. Stille, stille, Northumberland
hol' den Richard her, damit er in aller Gegenwart die Regierung ablege. (Northumberland geht)
So wird aller Verdacht vermieden werden.

York. Werde mein gesetzmäßiger König, und
ich werde deiner Unterthanen treuster.

Dritter Auftritt.

Richard und Northumberland kommen.

Richard. O! daß man mich vor einen König
fordert, eh' ich die königlichen Gesinnungen ab-
schüt-

schüttelte, mit denen ich regierte. Habe noch nicht schmeicheln gelernt, kann mich noch nicht bücken, noch will sich's Knie nicht beugen. Laßt den Kummer nur eine Weile Zeit, es wird schon gehn. — Uebrigens erinnere ich mich gar wohl der Gunstbezeigungen dieser Männer da: — gehörten die nicht einst mir? Schrieen die mir nicht sonst alle Heil zu, wenn ich kam? — — So Judas gegen Christus; aber er fand unter Zwölfen nur einen treulos, ich unter Zwölftausenden nicht einen treuen. — Gott erhalte den König! — Ruft keiner mit? — Wohl denn! welche Dienste will man von mir, daß man mich rufen läßt?

Northumberland. Zu thun was dein guter Wille ist, die dir lästige Majestät ablegen. Staat und Kron' entsagen.

Richard. Gieb mir die Krone. — Hier Vetter nimm die Krone; hier, auf dieser Seite meine Hand, dort die deinige. Sieh' jetzt ist diese goldne Krone wie ein tiefer Brunnen, der zwei Eimer hat, die sich wechselsweise füllen. Der eine ist immer in der Luft, während der andere, ungesehen sich mit Wasser füllt. Der untere bin ich, gefüllt mit Thränen, niedergedrückt von Gram, während du empor steigst.

Bo=

Bolingbroke. Ich dachte du habest willig entsagt?

Richard. Meiner Krone, ja: aber nicht meinem Gram: Ihr könnt mir Ruhm und Staaten nehmen. Aber meinen Gram — darüber bleibt Richard König.

Bolingbroke. Einen Theil deiner Sorgen giebst du mit der Krone mir.

Richard. Freilich ladest du dir Sorgen auf, aber du befreiest mich nicht der meinigen. Die Gewohnheit dieser Sorgen macht, daß wenn sie schon zur Krone gehören, ich diese weggeben kann, und die Sorgen doch behalte.

Bolingbroke. Bist du zufrieden, der Krone zu entsagen?

Richard. Ja, nein; — nein, ja — denn ich muß ja nichts seyn. Also nicht nein: denn ich übergebe sie dir. Jetzt merkt auf, wie ich mich selbst vernichten will. Ich gebe diese schwere Bürde von meinem Haupte; und diesen lästigen Scepter aus den Händen. Verbanne allen Stolz königlichen Gefühls aus meinem Herzen. Mit meinen eignen Thränen wasch' ich meine Salbung weg; mit meiner eignen Hand geb' ich hin die Krone; entsage mit eigner Zunge meinem geheiligten Stande. Entlaß mit eignem Munde euch alle, eurer Pflichten;

ver-

verschwöre jeden Schimmer der Majestät, geb' alle
meine Erbgüter, Renten, und Einkünfte ab. Meine Verordnungen, Gesetze und Statuten—vernicht'
ich. Gott verzeih' alle Eide, die man mir brach:
laß ungebrochen, alle die dir geschworen werden:
er mache, daß ich, der nichts habe, mich wegen
nichts bekümmere; und daß du freudenvoll bis
ans Ende seyst. Lange mögst du leben, um zu
sitzen auf Richards Stuhl, und bald möge Richard
in seinem Grabe liegen. Gott erhalte den König
Heinrich, sagt der entkönigte Richard, und geb'
ihm manche heitere Tage! — Was ist noch zu thun
übrig?

Northumberland. Nichts mehr, als daß du
diese Anklagen, und diese ahndungswürdigen Verbrechen, die du und die deinige gegen den Staat und
dieses Landes Beste begangen haben, ablesest. Damit dein eigenes Geständniß die Welt überzeuge,
daß du rechtmäßig abgesetzt seyst.

Richard. Muß ich das? Muß ich das ganze
Gewebe meiner Thorheiten, Faden für Faden,
auflösen? O lieber Northumberland, wären alle
die Uebelthaten aufgezeichnet, könntest du sie ohne
zu erröthen in einer so ansehnlichen Versammlung
ablesen? Thät's du's, du würdest einen heillosen
Artickel darin finden: die Absetzung eines Königs

be-

betreffend, und den Bruch eines großen, wichtigen Eides im Buche des Himmels mit dem Zeichen der Verdammung bemerkt.

Northumberland. Zaudre nicht, diese Artickel abzulesen.

Richard. Meine Augen sind voll Thränen: kann nicht sehen. Doch trübt ihr salziges Wasser meine Augen nicht genug, daß ich nicht hier eine Rotte von Verräthern sähe. Selbst, wenn ich auf mich blicke, find' ich mich ein Verräther, wie die übrige. Denn meine Seele hat eingewilliget, den prachtvollen Körper eines Königs zu entkleiden; zu verdunkeln die Glorie; aus einem Monarchen einen Sklaven zu machen; aus der stolzen Majestät einen Unterthanen; aus dem Höchsten das Niedrigste.

Northumberland. Mein Herr — —

Richard. Nicht Herr von dir du hohnsprechender Mann. Keines Menschen Herr. Weder Namen noch Titel hab' ich mehr. O des unglücklichen Tages, an dem ich, der so manchen Winter erlebt habe, mich selbst nicht mehr zu nennen weiß! O daß ich ein Spottkönig von Schnee wäre, der an Bolingbrök's Sonne stehend, mich in Wassertröpfen auflösen könnte. Guter König — — großer König. — und doch nicht groß im Guten:

gilt

gilt mein Wort noch einen Heller in England, so leide, daß ich mir darf einen Spiegel bringen lassen. Ich muß mein Gesicht sehen, wie es seit dem Verlust der Majestät aussieht.

Bolingbroke. Man hole einen Spiegel.

Northumberland. Ließ dieses Blatt bis der Spiegel kömmt.

Richard. Satan du quälst mich, eh' ich noch in der Hölle bin.

Bolingbroke. Setz ihm nicht mehr zu Northumberland.

Northumberland. Der Gemeinen Wille muß aber befriedigt werden.

Richard. Sie sollen befriedigt werden. Ich werde genug lesen, wenn ich das wahre Buch sehn werde, in dem alle meine Sünden geschrieben sind; und das bin ich. (Es kömmt jemand mit einem Spiegel) Gieb mir den Spiegel und darinn will ich lesen. Noch keine tiefre Runzlen? Hat Kummer, der mir so manche blutige Schläge gab, keine tiefere Wunden gemacht? O du schmeichlerisches Glaß; eben wie meine Hofleute, einst, als ich noch glücklich war, lügst du mir. Ist dieß das nemliche Gesicht, das sonst täglich mehr als tausend Mann unter seinem Dache nährte? das nämliche, von dem jeder, wie von der Sonne, blinzend weg sah!

Ein

Eine verbrechliche Majeſtät ſcheint in dieſem Geſichte. (wirft den Spiegel auf den Boden) So verbrechlich wie die Majeſtät — ſieh da liegt er in tauſend Stücken Merke dir ſchweigender König die Moral dieſes Spiels. Nun noch eine Bitte und dann will ich euch nicht mehr ſtören. Werd' ich ſie erfüllt ſehen?

Bolingbroke. Sag' ſie mir lieber Vetter.

Richard. Lieber Vetter! Ha ich bin mehr als ein König; denn als König waren meine Schmeichler nur Unterthanen. Jezt als Unterthan hab' ich einen König znm Schmeichler. Bin ich ſo groß, warum ſoll' ich bitten?

Bolingbroke. So fordre.

Richard. Soll's mir werden?

Bolingbroke. Es ſoll.

Richard. Nun; ſo laß mich gehen.

Bolingbroke. Wohin?

Richard. Wo du hin willſt, nur aus euren Augen.

Bolingbroke. Einige können gehn und ihn in den Tower mitnehmen.

Richard. O gut! mitnehmen — Mitnehmer ſeyd ihr alle, die ihr euch ſo behende durch eines rechtmäßigen Königs Fall empor zu ſchwingen wißt.

(Ab.)

Bolingbroke. Nächstens soll die Krönung seyn. Bereitet euch dazu Mylords. (Alle gehen bis auf Aumerle, Scroop und Berkley.

Scroop. Wir haben einen wehevollen Auftritt mit angesehen.

Berkley. Das Wehe kömmt noch: die noch ungebohrne Nachkommen werden den Dorn in ihrem Fleische fühlen.

Aumerle. Ist denn dawider gar kein Mittel? Weiß keiner nichts.

Scroop. Wohl, nur muß Stillschweigen geschworen werden; ich sehe Mißvergnügen auf eurem Gesichte, thränenvoll eure Augen. Kommt mit mir nach Hause, und ihr sollt einen Anschlag hören.

(alle ab.)

Fünf⸗

Fünfte Handlung.

Erste Scene.

Herzogs Yorks Pallaſt.

Erſter Auftritt.

York und ſeine Gemahlin ſitzen vertraulich an einem Tiſche, York halb entkleidet.

Herzogin. Du verſprachſt mir mein Gemahl, die Geſchichte vom Einzug unſrer beiden Vettern ganz auszuerzählen, als du vor Weinen nicht weiter kommen konnteſt.

York. Wo blieb ich denn ſtehen?

Herzogin. Dort als du erzähltest, daß von den Fenſtern muthwillige Hände Staub und Unrath auf Richards Haupt warfen.

York. Ja — wie ich denn nun ſagte; der Herzog, der große Bolingbroke, ſaß auf einem feurigen, ſtolzem Roſſe; es ſchien ſeinen emporſtrebenden Reuter zu kennen; langſam, und prachtvoll ſchritt es einher; und ein allgemeines, es lebe Bolingbroke! erſchallte. Du hätteſt glauben ſollen, die Fenſter wären lebend geworden, ſo drängten unzählige Menſchen jung und alt ſich heran um ihm in's Geſicht ſehen zu können. Dächer und Mauern ſchienen in Menſchen umgezaubert zu ſeyn, die alle

rie.

riefen: Gott erhalt ihn, willkommen Bolingbroke! Während daß er sich von einer Seite zur andern wandte, mit blosem Haupte, und sich am Nacken seines Pferdes herunter beugend, immer antwortete: ich dank euch meine Landsleute! Und so gieng's immer fort, so lang der Zug währte.

Herzogin. Du lieber Gott! und der arme Richard, wie gieng's denn diesem?

York. Wie auf der Bühne einem, der nach dem Lieblings Schauspieler heraus kömmt; jeder seiner Reden und Handlungen werden unerträglich. Eben so, und mit noch mehrerer Verachtung schielte jeder auf Richarden. Nicht einer, der Vivat gerufen hätte. Staub warf man auf sein geheiligtes Haupt; und er schüttelt ihn mit stillem Gram ab; in seinem Antlitze ein Kampf zwischen Thränen und Lächeln, zwischen Unmuth und Geduld. So daß, hätte nicht Gott, aus irgend einer strengen Absicht, jedes Menschenherz gestählt, sie mit Gewalt hätten schmelzen müssen, und die Barbarei selbst würde Mitleid gefühlt haben. Aber der Himmel hat seine Hand in allen diesem; mit seinen Fügungen müssen wir zufrieden seyn. Wir sind nun einmal Bolingbroke Unterthanen: ich habe ihm meinen Eid der Treue geschworen.

Zwei-

Zweiter Auftritt.

Aumerle kömmt.

Herzogin. Da kömmt mein Sohn Aumerle.

York. Aumerle war er, aber diesen Namen hat er verloren, weil er Richard's Freund war. Rutland mußt du ihn jetzt nennen. Ich hab' im Parlament für seine Treue gut gesprochen, und für seine Ergebenheit gegen den neu gemachten König.

Herzogin. Willkommen mein Sohn. Wo sind jetzt die Violen, die den grünen Teppich des neukommenden Frühlings zierten.

Aumerle. Ich weiß nicht, gnädige Frau, bekümmre mich auch nicht darum. Gott weiß, ich möchte eben so wohl nichts als etwas gewesen seyn.

York. Wohl: betrage dich nur aber vorsichtig in diesem neuen Frühling; du möchtest sonst gepflückt werden, ehe du reifest. Wie ist's, dauern die Lustbarkeiten bei Hofe noch fort?

Aumerle. Ja, so viel ich weiß.

York. Willst du auch hingehn?

Aumerle. Ich denke ja, mit deiner Erlaubniß.

York. Was ist das für ein Siegel, das da heraus hängt? du stuzst? laß mich die Schrift sehn.

Aumerle. Es ist nichts mein Vater.

York.

York. Dann hindert nichts, daß ich es seh'n kann. Ich will befriedigt seyn, laß mich die Schrift sehn.

Aumerle. Verzeih'n Sie mir; es ist eine nichts bedeutende Sache, die ich aber gewisser Ursachen wegen nicht möchte sehn lassen.

York. Und die ich gewisser Ursachen wegen, sehen muß. — Ich fürchte: ich fürchte —

Herzogin. Was kannst du fürchten? es wird nichts als eine Handschrift seyn, die er ausgestellt hat.

York. An sich selbst ausgestellt? Weib du bist nicht gescheid. Bube, laß mich die Schrift sehn.

Aumerle. Verzeihen Sie mir, aber ich laß sie nicht sehen.

York. Ich will's aber sehen; laß mich sehen sag ich. (Er reißt es heraus und liest.) Verrath, schänd licher Verrath. Nichtswürdiger! Verräther! Bö sewicht!

Herzogin Was ist's denn, lieber Mann?

York. Ach was soll's seyn? Sattelt mir mein Pferd! Um des Himmelswillen! was für ein Ver rath ist das?

Herzogin. Wie? was ist's denn?

York.

York. Gebt, mir meine Stiefel sag' ich! Sattelt mein Pferd. Nun bei meiner Ehre, so wahr ich lebe, ich will den Bösewicht angeben.

Herzogin. Wovon ist denn die Rede?

York. Schweig thörichtes Weib.

Herzogin. Ich will nicht schweigen. Sag' Sohn, wovon ist die Rede?

Aumerle. Gute Mutter, sey ruhig. Es ist nichts weiter, als daß ich mit meinem elenden Leben für etwas haften muß.

Herzogin. Mit deinem Leben!

Dritter Auftritt.

(Ein Diener kömmt mit Stiefeln.)

York. Gieb mir meine Stiefel. Gleich will ich zum König.

Herzogin. (Zu Aumerle.) Halt' ihn doch zurück. Armer Junge, du bist ausser dir!

(Zum Diener) Elender komm mir nicht mehr unter die Augen.

York. Gieb mir meine Stiefel!

Herzogin. Wie? York, was willst du thun? Willst Du sein Mörder seyn? Haben wir mehr Söhne? Willst du meinen lieben Sohn meinem Alter entreissen? mir den süßen Namen Mutter rauben?

E 4 York.

York. Thörichte Närrin: willst du verheelen diese schwarze Verschwörung? Zwölfe haben das Sakrament darauf genommen, sich untereinander versprochen, den König zu 'morden.

Herzogin. Er soll nicht dabei seyn, wir wollen ihn hier behalten. Was geht's ihn an?

York. Weg närrisches Weib! und wär er zwanzigmal mein Sohn, ich würd' ihn angeben.

Herzogin. Hättest du wie ich seinetwegen ächzen müssen, wie ich muste, du würdest mitleidiger seyn. Ist er denn nicht auch dein Sohn?

York. Weg, weg, widerspenstiges Weib.

(Ab.)

Herzogin. Fort Aumerle; ihm nach. Lauf ihm vor, bitte beim König um Gnade, eh' er dich anklagt. Bin ich schon alt: bald will ich nachkommen. Will nicht vom Boden aufstehn, bis Bolingbroke dich begnadigt. Fort.

Zwei=

Zweite Scene.

Bei Hof.

Erster Auftritt.

Bolingbroke. (hernach) **Northumberland.**

Bolingbroke. So wär' ich denn König? — auf dem höchsten schwindlenden Gipfel, nach dem du je streben konntest. Was bleibt der Ehrbegierde noch übrig? — und doch; o es ist ein drückender Gedanken, daß auch ein König aufhören könne, es zu seyn. Richard, war er nicht, was ich jetzt bin? und nun — ist er nicht —? Wer steht mir für's neinliche Schicksal? Wer ist mir Bürge, ob nicht vielleicht eben jezund, heimliche Verschwörungen die Stützen meines Thrones untergraben? Und so lange Richard lebt, bin ich wohl sicher, daß nicht der erste Mißvergnügte andere um sich sammelt, die Pforten des Towers sprengt, und Richarden wieder —? — — O weg, weg mit den Gedanken, sie könnten selbst das Mitleiden blutdürstig machen.

Northumberland (kömmt.) Richards Gemahlin möchte vor ihrer Abreise noch ihren Gatten sehn; ich glaube, daß es ohne Gefahr geschehen könnte.

Bolingbroke. Gut, aber daß du sie selbst im Tower führst: daß du bei ihrer Unterredung gegenwärtig seyest.

North-

Northumberland. Gewiß; der Vorsichten sind nie genug; auch denk ich, wär es gut, Richarden in irgend eine nördliche Provinz zu schicken.

Bolingbroke. Wohl — klug gesprochen — vollzieh diesen Auftrag.

Zweiter Auftritt.

Aumerle kömmt.

Aumerle. Wo ist der König?

Bolingbroke. Was ist mein Vetter? warum siehst du so starr und wild?

Aumerle. Gott erhalte deine Majestät. Ich möchte gern allein mit dir sprechen.

Bolingbroke. Laßt uns allein! (Northumberland ab.) Nun was ist's denn?

Aumerle. Auf immer sollen diese Knie am Boden anwachsen, festkleben diese Zunge am Gaumen, ehe ich aufstehe und spreche; du begnadigest mich dann.

Bolingbroke. Vorhaben oder That; ist's erste, es sey noch so schröcklich, um deine Liebe zu gewinnen, sey's dir vergeben.

Aumerle. Dann erlaube mir die Thüre zu verriegeln, damit mich niemand in der Erzählung störe.

Boling-

Bolingbroke. Thu' es.

York. (von aussen.) Herr hüte dich, gieb acht auf dich, du hast einen Verräther vor dir.

Bolingbroke. (Zieht den Degen) Elender, ich will dich.

Aumerle. Halte deine rächende Hand zurück, du hast nichts zu fürchten.

York. Oefne die Thüre, allzu sichrer König: öfne, oder ich breche sie auf.

Dritter Auftritt.

York kömmt.

Bolingbroke. Was ist's Oheim? sprich; komm erst zu Athem: sag, wie nah' ist die Gefahr, damit man sich dagegen rüsten kann.

York. Ließ dieses, und du wirst eine Verrätherei entdecken, die ich dir jetzt nicht sagen kann.

Aumerle. Aber während du liesest, erinnere dich deines Versprechens. Ich bereu' es; ließ meinen Namen nicht dort; mein Herz nahm keinen Theil am Werk meiner Hände.

York. Elender! wohl nahm es Theil daran. Da, aus seinem Busen zog ich dieses Papier; verzeih ihm nicht; du nährst dir eine Schlange.

Bolingbroke. Welche schreckliche, mächtige Verrätherei. O rechtschaffener Vater eines verrä-

the-

therischen Sohns. Du klare unbefleckte Silber-
quelle, die durch diesen verunreinigt wird. Der
Ueberfluß deiner Güte sollen seine Sünden tilgen.

York. Thu's nicht, König; gieb ein öffent-
liches Beyspiel.

Herzogin. (von auſſen) Gnädigster Herr, ach
um des Himmels willen laß mich herein.

Bolingbroke. Was für eine jammernde Stim-
me fleht dort auſſen?

Herzogin. Ein Weib und deine Muhme; gro-
ſer König, ich bin's. Sprich mit mir: um des
Himmels willen, öfne die Thür.

Bolingbroke. Mein gefährlicher Vetter mach
die Thüre auf, es iſt deine Mutter; die vermuthlich für dich zu bitten kömmt. (Aumerle öfnet die
Thüre)

Vierter Auftritt.

Herzogin stürzt herein, zu den Füßen Bolingbroks.
Mit ihr herein Roß. Willoughby. Percy
und andere.

Herzogin. O mein König, höre den hartherzi-
gen Mann dort nicht.

York. Weib, was machſt du hier?

Herzogin. Stille, lieber York — hör mich,
gnädigster Herr.

Boling:

Bolingbroke. Steh' auf liebe Muhme.

Herzogin. Nein, laß mich knien; nie will ich mehr aufstehn, nie mehr einen heitren Tag sehn, bis du mir wieder Freude giebst; bis du meinem strafwürdigen Sohn dort, verzeihest.

York. Schneid die Eyterbeule weg; oder der Schaden frißt um sich.

Bolingbroke. Steh nur auf, gute Muhme.

Herzogin. Ich bitte dich, nicht aufstehn zu dör-fen; ich bitte um Gnade; — o wäre ich deine Amme, und sollte deine Zunge lösen, Gnade würde das erste Wort seyn, das ich dir lehrte. Sag, — Gnade.

Bolingbroke. Wohl dann Gnade für ihn.

Herzogin. O beglückter Lohn meines Kniens, — aber noch fürcht' ich. Sag's noch einmal. Es ist ein kurzes, herrliches Wort, kein Wort klingt schö-ner im Munde eines Königs, als — Gnade.

Bolingbroke. Ja Gnade; ich verzeih ihm, wie Gott mir meine Sünden vergeben soll.

(York scheint unterdessen die Umstehende vom Vorfall zu unterrichten; die Herzogin voll Freuden lauft auf ihren Sohn zu; dieser küßt dankmüthig des Bolingbroks Hand.

Lieber Oheim, mach, daß verschiedne Völker nach Oxford gesandt werden; oder wo die Rebellen sind.

Ich

Ich will zu Richarden, muß erforschen — (Er
sieht sich um) Hab' ich denn keinen Freund,
der mir von der Ursache dieses Uebels befreiet?
Hab' ich keinen Freund?

   (Alles mit Getümmel ab; nur Roß und Willoughby bleiben.)

  Roß. Merkst du des Königs Worte? „Hab'
ich denn keinen Freund, der mich von der Ursache
dieses Uebels befreiet? War's nicht so?"

  Willoughby. Die nämlichen Worte.

  Roß. Und sagt's zweimal, und sah mich an.
Hab ich denn keinen Freund? Doch du hast einen —

      (Er geht eilends)

  Willoughby. Was willst du?

        (Ihm nach)

Drit-

Dritte Scene.

Das Gefängnis.

Erster Auftritt.

Richard. (geht nachdenkend auf und nieder)

Richard. Weg ihr verrätherischen Gedanken von Hofnungen und Wünschen, die im König den Bettler, und im Bettler den König suchen; kann doch nie ein Mensch befriedigt werden, bis er sich dadurch beruhigt, daß er nichts ist. Aber wer kömmt hieher, wo sonst niemand kömmt, als der düstre Kerl, der mir Nahrung bringt, um das Unglück bei'm Leben zu erhalten.

Zweiter Auftritt.

Königin, begleitet von Northumberland kommen.

Königin. Sieh, — oder sieh lieber nicht, wie meine schöne Rose verwelkt — doch sieh hin, und laß mich vor Mitleid in Thau zerfliessen, um sie mit den Thränen treuer Liebe wieder frisch zu wachsen. (Sie stürzt sich in seine Arme.) O mein Gemahl.

Ni

Richard. Du hier! verbinde dich nicht mit meinem Gram, liebes Weib, thu's nicht: sonst beschleunigst du mein Ende. Lerne, gute Seele, unsern vorigen Zustand, als einen hofnungsvollen Traum ansehen, aus dem wir erwacht sind. Meine Beste, ich bin der strengen Nothwendigkeit vertrautester Freund geworden, wir werden bis zum Tode miteinander vereinigt bleiben. Geh nach Frankreich in irgend ein Kloster: mit unserm heiligen Leben müssen wir die Krone einer neuen Welt zu gewinnen suchen, da in dieser wir die unsrige durch eitle Stunden verlohren haben.

Königin. Wie? ist mein Richard an Geist wie an Gestalt verändert? Hat Bolingbroke auch deine Seele abgesetzt? Ist er bis an dein Herz gedrungen? Der Löwe, wenn er nicht mehr anders kann, verwundet mit seinen Klauen wenigstens noch die Erde: und ist der Löwe doch nur ein König der Thiere. — —

Richard. Der Thiere? — wären sie etwas anders als Thiere gewesen; ich wär ein glücklicher König von Menschen. Bereite dich, meine Liebe, zu deiner Reise nach Frankreich: denke, ich sey gestorben; und als nähmst du hier bei meinem Sterbebette den letzten Abschied. An langen Winterabenden setze dich an's Feuer, laß dir von

einigen guten alten Leuten wehevolle Geschichten
der Vorzeit erzählen; und ehe du ihnen gute
Nacht bieteſt, erzähle ihnen zur Wiedervergeltung,
von meinem traurigen Fall; dann ſende ſie mit
weinenden Augen zu Bette. — Ach die lebloſen
Feuerbrände werden beim traurenden Ton deiner
rührenden Rede, ihre lodernden Flammen in düſtre
Kohlen umwandlen.

Northumberland. Die Zeit dieſer Unterredung darf nur kurz ſeyn. Ich habe Befehl, dich
Richard, nach Pomfret-Caſtle, und deine Gemahlin nach Frankreich bringen zu laſſen.

Richard. Northumberland, du Leiter, auf der
Bolingbroke zu meinem Thron hinanſtieg, es wird
nicht mehr lange dauren, daß deine Verbrechen reifen und zur Fäulniß übergehn werden. Giebt er
dir auch die Hälfte des Seinigen; du wirſt glauben, es ſey noch zu wenig, weil du ihm zum Ganzen verhalfſt. Und er, der weiß wie geſchickt du
biſt, Könige zu entſetzen, wird beim geringſten An-
laß, dir nicht trauen. Die Liebe laſterhafter
Freunde verwandelt ſich in Mißtrauen; Mißtrauen
in Haß; und Haß ſtürzt einen oder den andern
in das verdiente Unheil,

F   Nort-

Northumberland. Meine Verbrechen mögen über mein Haupt kommen, und damit ist's aus. Nehmt Abschied und trennt euch; denn ihr müßt gleich scheiden.

Richard. Doppelte Scheidung? — — Böse Leute, ihr brechet eine zwofache Ehe, zwischen der Krone und mir, und zwischen mir und meinem Weibe. (Zur Königin) Laß mich wegküssen den Eid, der uns bindet. Aber so geht's nicht, denn mit einem Kuß ward er geschworen. Trenne du uns Northumberland. Ich gegen Norden zu, wo rauhe Winde und schädliche Krankheiten sind; meine Königin nach Frankreich hin, wo sie einst herüber kam, prachtvoll und geschmückt, wie der holde May.

Königin. Aber müssen wir denn scheiden? müssen wir fort?

Richard. Hand von Hand, meine Liebe, und Herz von Herz.

Königin. Verbannt uns beide, und laßt den König mit mir ziehn.

Northumberland. Das wäre viel Liebe und wenig Politik.

Ri-

Königin. So laßt mich mit ihm gehn.

Richard. Da würden zwei Weinende nur einen Schmerz ausmachen. Weine du für mich in Frankreich; ich für dich hier. Besser weit davon als nahe. Gehe; zähle deine Schritte mit Thränen, ich die meinige mit Seufzern.

Königin. So wird der längste Weg den längsten Kummer haben.

Richard. Zweimal will ich bei jedem Schritte weinen; weil mein Weg der kürzeste ist; ich will ihn mit schwerem Herzen zusammenstücklen. Doch komm, laß uns jetzt bei der Anwerbung unsers Grams kurz seyn; er wird nach der Verlobung lange genug dauern. Ein Kuß soll unsren Mund schliessen, und dann wollen wir stumm voneinander scheiden. (Er küßt sie.) Da geb' ich dir mein Herz, und hier nehm' ich das Deinige.

Königin. Gieb mir Meines wieder; es wäre nicht gut dir Deines zu nehmen; und es dann tödten. (Sie küßt ihn.) So, jetzt hab' ich meines wieder; damit ich es mit einem Seufzer vernichten kann.

Ri·

Richard. Wir machen mit diesem Zaubern den Schmerz wollüstig. Noch einmal, meine Beste, lebe wohl; laß das übrige den Kummer sagen.

(Sie geht mit Northumberland.)

Richard. Nun dann: so wäre in ganz England bald kein Auge, das um Richard weinte.

Dritter Auftritt.

Gefangenwärter kömmt mit Speise.

Gefangenwärter. Mylord; willst du zugreifen?

Richard. Kost' erst, wie du sonst thust.

Gefangenwärter. Nein Mylord, heute nicht; Roß ist im Namen des Königs gekommen und hat mir's verboten.

Richard. Der Teufel hol' Heinrich von Lankaster und dich; meine Geduld ist stumpf, und ich bin ihrer müde.

(Er schlägt den Gefangenwärter.)

Gefangenwärter. Hülfe! Hülfe!

Vier-

Vierter Auftritt.

Roß kömmt mit einigem Gefolge.

Richard. Was ist das? — Was will der Tod mit diesem wilden Ueberfall?

(Er reißt einem den Degen aus den Händen, setzt sich zur Wehr. Roß ersticht ihn.)

Richard. Die Hand müsse in unauslöschlichem Feuer brennen, die mich ermordet. Deine mörderische Hand, hat mit des Königs Blut befleckt des Königs eignes Land.

Roß. So voll von Tapferkeit als königlichem Muth — Beides hab' ich vergossen. — O daß die That gut gewesen wäre. Aber eben der Teufel der mir sagte, thu's; der sagt mir jetzt, daß die That eingezeichnet ist im Buche der Hölle.

Fünfter Auftritt.

Bolingbroke. mit andern.

Bolingbroke. Was ist hier? mein Vetter im Blut liegend? Hülfe, man laufe nach Hülfe — —.

Ri.

Richard. Laßt's seyn, keine Hülfe — sie ist
vergebens! (Er schaut auf) Ha meine Krone;
trau ihr nicht: denn in der hohlen Krone, die
des sterblichen Königs Schläfe umgiebt, hält
der Tod seinen Hof. Dort grinzt der Alte, spottet über des Königs Staat und den Pomp der
ihn umgiebt. Erlaubt ihm so einen Athemzug,
eine kleine Scene hindurch zu herrschen, gefürch-
tet zu werden, mit Blicken zu tödten. Und wenn
er dann so recht voll Eigendünkels ist, voll Zuversicht, als wäre dies Fleisch, des Lebens Boll-
werk, unzerstörbares Erz; — dann kömmt er zuletzt, giebt ihm einen kleinen Nadelstich, und dann
gute Nacht König — — Auf, auf meine Seele!
dein Thron ist oben in der Höhe, während mein
sterblicher Theil hier — — niedersinkt — —
stirbt — — (Er stirbt.)

Bolingbroke. Ich dank' es dem nicht: der
durch seine Mörderhand ein heilloses Verbrechen
über mein Haupt, und dieses ganze ruhmvolle
Land gebracht hat.

Roß. Deine eigene Worte verleiteten mich dazu.

Bolingbroke. Man liebt nicht darum Gift,
weil man es braucht: so lieb auch ich dich nicht.
Ohnerachtet ich ihn auch todt wünschte, so haß
ich

ich doch den Mörder. Die Angst des Gewissens
sey deine Belohnung, — aber weder mein Beifall
noch Gnade. — Geh wandre mit Kain in den
Schatten der Nacht, und laß dich nie mehr beim
Tages Licht sehn. Ihr Herrn, ich betheure euch,
meine Seele ist voll Jammers, daß ich mit Blut
besprizt werden mußte, um größer zu werden.
Kommt, trauert mit mir, laßt uns unverzüglich
schwarze Gewänder anlegen: und ich will eine
Reise in's heilige Land thun, um dieses Blut von
meinen schuldigen Händen zu waschen. Folgt mir
in ernster Stille, weinend über diese zu frühe
Leiche.

www.ingramcontent.com/pod-product-compliance
Lightning Source LLC
Chambersburg PA
CBHW032349020726
47499CB00008B/2679

*   9 7 8 3 7 4 3 6 5 9 2 1 6   *